豐子愷家書

豐羽 編

豐子愷全家攝於浙江省桐鄉縣（現桐鄉市）烏鎮，約 1933 年。

作者簡介

豐子愷（一八九八——一九七五），出生於浙江嘉興，是中國著名的畫家、作家、翻譯家和教育家，尤以中西融合畫法創作漫畫而著名，開創了中國現代漫畫。

編者簡介

豐羽，豐子愷之孫，豐新枚之子，一九六九年出生，曾留學澳洲、美國、英國，在香港資本市場、旅遊投資等企業工作二十多年。豐子愷研究會會長，致力於豐子愷文化藝術傳播傳承。

目錄

胸襟須廣大，世事似浮雲

——憶我的爺爺豐子愷與我的父親豐新枚

我的父親豐新枚是爺爺最小的兒子，小名「恩狗」，出生在抗戰舉家逃難路上的桂林。爺爺稱這次逃難是「藝術逃難」，父親是「藝術逃難」的兒子，後來通曉六國外語，能背數千首唐詩。

一起逃難的鄰家小女孩叫佩貞，新枚和姐姐們及佩貞常一起玩耍，爺爺就畫了一套四十七開的《給恩狗的畫》，記錄下孩子們童真率性的趣事，也算是青梅竹馬的小故事了。印象深刻的一幅是——

佩貞說：「恩哥，把你臉上的麻子洗掉了，我再跟你玩。」恩哥說：「啊呀！佩貞！這是口水呀！不是麻子呀！」

這算是最初的「垂涎三尺」吧。

二十世紀五十年代初，爺爺帶着一家人在上海江灣—五角場居住。二十多年前他在附近和幾個好朋友一起創辦了立達學園，當時魯迅的家和內山完造的書店離這裏都不遠，有許多值得回憶的事情。爺爺請了一位俄語老師教自己俄語，同時，小女兒一吟、小兒子新枚也一起學。豐家的語言天賦讓他們很快就基本掌握了比英語還難的俄語，並在稍後一年多的時間裏翻譯了屠格涅夫的《獵人筆記》，然後又翻譯了柯羅連科的四大卷回憶錄《我的同時代人的故事》。爺爺帶着他的小女兒、小兒子一起學習，一起工作，在每天的日常生活中實踐着家學、家教、家風、家訓，還有家傳。

隨着父親考上天津大學去了外地，爺爺開始了和父親長達十多年數百封的通信。彼此之間除了噓寒問暖、相互關心，還有唐詩接龍、宋詞藏字，讀聖賢書、習天下理。家長里短飽含父子親情，社會閒談傳遞處世之道，彰顯華夏文化的傳統思想，蘊含敦親睦族的禮讓謙卑。

十年動亂驟然而至，對爺爺的大批判也全面開始，影響到了小兒子的職業規劃。本來已經在上海科技大學研究生畢業即將出國（計劃去捷克，還特地自學了捷克語）的父親，變成了「反動學術權威」的子弟，被發配到河北滄州的化工廠工作，後輾轉調到了石家莊華北製藥廠當一名鉗工。動亂結束後，父親又考上了中國科學院的研究生，再次碩士畢業。這是後話了。

爺爺在人生最後的幾年，仍然筆耕不輟，寫隨筆，畫漫畫，還翻譯了多部日文小說以及佛學著作《大乘起信論新釋》。同時，與父親鴻雁傳書更頻繁，碰到某些敏感話題，就把話藏在詩詞之中。他們相互了解，一點即通。一對可以相互多年吟詩作對、外文對話的父子，到了人生的最後階段，是父子亦超越父子，精神和靈魂的交流更加印刻在彼此的信中。隨着我的誕生，「小羽」大量出現在爺爺與父親的書信之中，尤其最後幾年幾乎每信必提及。我的名字是爺爺取的，與所有豐家第三代的孩子都是雙名不同，是單名的「羽」。如今看來，我自出世便承載了爺爺對父親無限的愛和遺憾，以及希望和期盼……

《給恩狗的畫》中還有一幅我印象特別深——恩狗看見兩隻白羊，便說是兩隻黑狗，眾人大笑，恩狗大哭。

小孩子的世界裏，甚麼是黑，甚麼是白呢?!大人的世界裏又甚麼是黑，甚麼是白呢?!處之泰然，順其自然，是爺爺一生的人生態度。希望通過這部《豐子愷家書》，將這種思想呈現給各位讀者。尤其是在這場不期而至的新冠肺炎疫情之後，我們大家都將面臨生活方式和人生態度的再思考、再改變、再提升。當今社會需要更多的人情、溫情和親情，一封家書勝卻人間無數！

豐羽隨筆於

二〇二〇年三月

家書

致豐新枚、沈綸（一百八十通）
致宋慕法、宋菲君（六通）
致豐元草（二通）
致豐寧馨（七通）

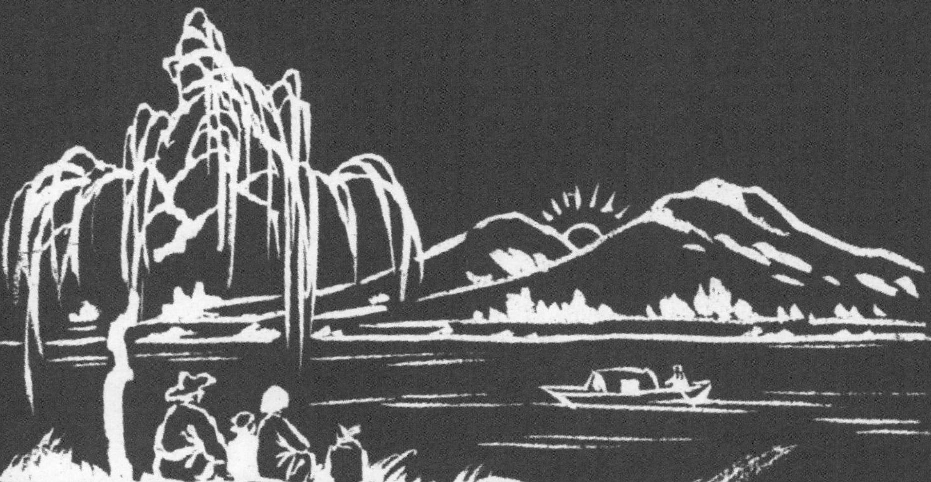

豐子愷畫小羽畫像

致豐新枚、沈綸（一百八十通）

一〔註一〕

你的信今天下午收到。今天是勞動節，我們都在〔註二〕北京飯店六樓的露台上觀禮。遊行的隊伍又長又熱鬧，比上海的五一節更壯觀。遊行一直從上午十時到下午一時，歷時三小時，我們回到宿處已是一點半了。兩點吃罷午飯，我午睡了一會兒，現在剛醒來。起床後，服務員送來了你的信，現在馬上給你寫回信。

聽說上海家中平安，我們很放心。華瞻哥嫂昨天在家裏宿，你不會寂寞了，真太好了。我因為沒有收到有特殊情況的信，感到非常安心。

我們來到這裏後，沒有下過一場雨，但今天上午九點左右忽然下起雨來。那時遊行的隊伍還沒有到，觀禮的人們都集中在露台上。露台的欄杆邊上（最好的地方）都被人佔了，我們不能憑欄觀看。但是一下雨，欄杆旁的人都逃到室內來躲雨了。這時你阿姐和阿哥〔註三〕不顧下雨，趕快去佔了欄杆旁的位置，我們這才得到了好座位。而雨馬上停了。我們因為下雨而得到了好座位，如果不下雨，我們始終得不到好座位。

明天我們準備去遊頤和園。我的感冒稍微好了一些。但因為北方氣候乾燥，我每天晚上都因為咳嗽厲害而睡不好。很想念上海。現在把我的觀禮證送給你。

致新枚

愷 手啟

〔一九五九年〕〔註四〕五月一日下午四時〔北京〕

註一：「一」至「二一」及「二三」「二五」「二八」原為日文信，為方便讀者閱讀，由豐子愷的女兒豐陳寶、豐一吟譯為中文。

註二：豐子愷偕妻攜女同到北京。

註三：阿姐指豐子愷幼女豐一吟（同去北京者），阿哥指在京工作之次子豐元草。

註四：信件從致信人第一通信件的日期依次排序，參照署明寫信時間的，出版、發表的時間或經有關線索研判後，在其後加〔〕標註公元年份以及地點。

二

新枚：

今天我們去玩了天壇。那是從前封建皇帝慶祝豐收的地方，現在成了一個風景點。那個壇由圓形的三層組成，你一定在照片或畫上見過。天壇旁有一樣稀罕的東西，那便是「回音壁」。那壁是圓的，並不高。如果用嘴對着壁喊些甚麼，對面的人把耳朵貼在壁上可以清楚地聽到。如圖所示。〔註〕如果一個人把嘴對着A處喊些甚麼，另一人把耳朵貼在B處能清楚地聽到。這是物理作用造成的現象。非常有趣。阿姐在A處喊「姆——媽——」，姆媽覺得「一吟就在我旁邊」。

下午我們去逛了東安市場。那地方跟上海的城隍廟很相似。許多店裏賣各種各樣的東西。昨天信中提到的「孫子手」（老人搔癢用的癢癢耙）已買了三個，二角九分一個。

父字

〔一九五九年〕五月四日〔北京〕

註：該圖詳見對頁信影。——編註

誠坊、今日私共は天壇とゆふところを遊びました。それは昔封建
皇帝が豊年を祈る處で、いまは風景の一つとなりました。その壇は
圓い形になって三階に積む。君、此度写真或は畫で見たことがありました。
天壇の傍に一ッ珍しいものがあります、それは「廻音壁」です。その壁は
圓い物で餘り高くなかり。もし口を壁に付いて何かを呼んだら、向の方の
人は耳を壁に付くと、はっきり(清楚)と聞きを取れます。畫の如く；
若一人が口をAの處に付いて、何か呼ぶ。又一人は
耳をBの處に付くと、はっきりと聞き取れます。
これは物理の作用があるからです、けれども此帯に
面白ろい。阿姊はAの處で「ムーマー」と呼ぶ。母様
は「一吟は我が傍に居るかし」と感じます。
午后は私共は東安市場と云ふ処を訪ねました。それは上海の城隍廟
とおん似て居る。沢山の店が色々の物を発売して居ます。昨日の手紙に
云った「孫の手」は、もう三ッ買った。値段は二十九銭づゝです。

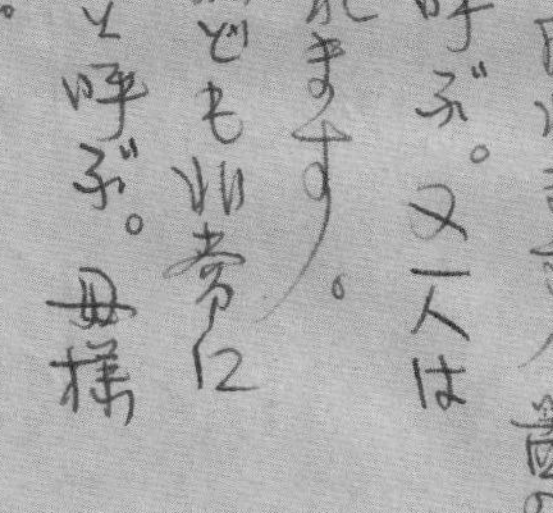

1959 五月四日
父より。

三

五月七日晨：

這也許是最後的日文信。我們於十二日（星期二）上午九點半一定到達上海。那時你去火車站接我們。

昨天我們去看了萬里長城。坐小汽車去的。早上九點出發，下午四點回來。車錢是四十元二角。除了我、阿姐和姆媽，還有黎丁〔註〕的妻子即琇年也一起去。長城不是很高，你姆媽、阿姐和琇年都登上了最高點。我不去頂點，在中途休息。昨天是星期三，所以去遊玩的人不多，除了我們，只有五六個俄羅斯人。

說明書上說，這長城在戰國時代就已開始造了。秦始皇把它擴建。明朝將元朝的蒙古人驅逐到長城以北，便增修長城，以防蒙古人再次入侵。這座長城西起嘉峪關，東至山海關，其直線距離為四千里。加上它的蜿蜒曲折，一共有一萬里。

昨天因為沒有風，我們的遊玩很順利。只是最高的地方，石級很高，登上去非常吃力。從女牆處眺望，漠北的群山如波浪起伏，遠處的長城像蛇一樣橫亙着，確實是世界一大壯觀！

昨晚很累，今晨六點半起身。早飯前寫這封信。這時阿姐還在睡覺。

今天準備再度遊頤和園。明天去動物園，後天去景山公園等處（景山就是明崇禎皇帝自縊之處），遊程到此結束。因出門時間太久，我盼望着早日回家。感冒已好了大半。每天早晨喝大量的水，這樣感冒容易痊癒。

致新枚

父字

〔一九五九年，北京〕

註：黎丁，又名黃恢復，生於一九一七年，《光明日報》高級編輯。謝琇年，黎丁之妻。

四

你的出門〔註〕給家裏帶來了很大的影響，從今以後我家簡單化了。詳情寫在阿姐的信裏，我就不寫了。只是你至今還未背誦出《伊呂波歌》，所以我現在揭下你床頭那張紙，隨信寄去，務必背誦出來。

父字

〔一九五九年〕八月廿七夜〔上海〕

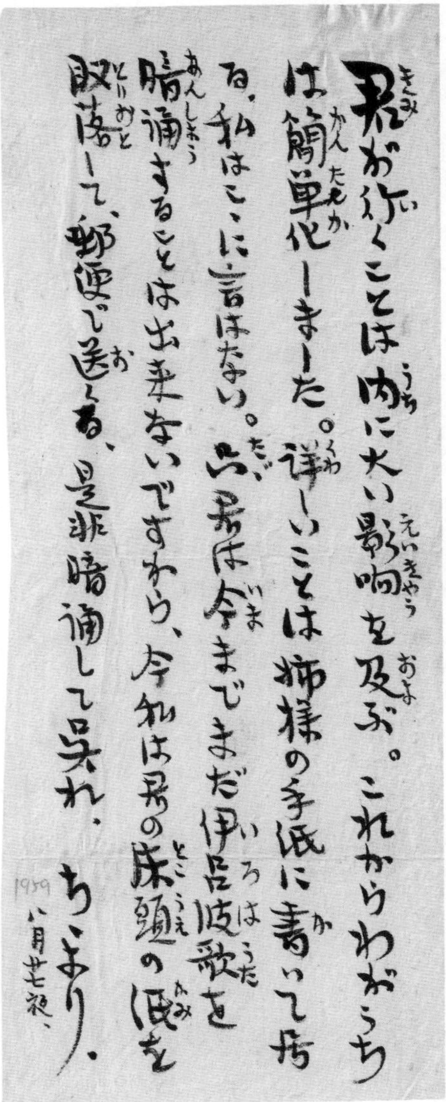
君のお行くことは内に大い影響を及ぶ。これからわがうちは簡單化しました。詳しいことは姉様の手紙に書いて居る。私はここに言はない。只君は今までまだ伊呂波歌を暗誦することは出来ないですから、今私は君の床頭の紙を取落して、郵便で送くる。是非暗誦して呉れ。ちちより

1959 八月廿七夜、

註：新枚於此年入天津大學精密儀器系求學。

五

你的扇子已經找到了，掉在你的床下。現在有了新扇子，這把就不給你了，暫時放在這裏。現在是二十九日傍晚，是你入學的第一天，還沒有收到你的信。不知在途中會不會寫明信片來。

（一九五九年八月二十九日，上海）

六

九月一日夜：

最初等你在南京發的信，後來又等你在徐州或濟南發的信，最後等你在天津發的信。但今天已九月一日，還沒有收到你的信。阿姐打電話問史君的姐姐。知道史君的姐姐也沒有收到弟弟的一封信，這才安心下來。看來，從天津到上海的信需要四天時間，也許明天你的信一定到了。

以上情況說明了因為你長住在家而忽然離家遠行，所以家裏人非常想念你。所以你務必多加保重。第一是健康，第二是交際，第三是處理自己的日常生活。凡是衣物、用品、飲食，都必須自己注意。

（一九五九年，上海）

七

你三十一日來信，阿姐三日上午讀給我們聽（姆媽、姑母〔註〕和我三人一起聽）。我們當然都同意你的經濟報告，但我想這是較節約的估計。我們家決不會窮到這種程度，所以你不必限制每個月的開支數。大致上每月的總數不超出二十五元就可以了。因為以前你在家時，姆媽的開支要大得多。你離開之後，姆媽的開支大大節省。這省下的數目不下於二十五元。何況你自己銀行裏的存款現在已達到七百元。所以阿姐看了你的信笑着說了一句開玩笑的話：「這樣的話，把鋼琴賣了就足夠維持到你畢業的費用了。」雖然是開玩笑，事實確是如此。

蚊帳需要嗎？你信裏沒有提起。今天阿姐買了一頂（七元多）。今天（九月三日下午）用小郵包寄去。但到達恐怕要十天或兩星期左右。如果郵包到時蚊子已沒有了，你就把這蚊帳放到箱子裏，明年再用。

因為小包急着付郵，別的事以後再說吧。

〔一九五九年〕九月三日下午父字〔上海〕

註：姑母，指豐子愷的三姐豐滿（一八九〇—一九七五），也曾皈依弘一法師，法名夢忍。即後信中的滿娘。

八

新枚：

今天（九月三日）阿姐在百貨公司買了蚊帳到郵局去寄時，郵局的職員說，小包和信件同樣快，四五天便可到天津。你甚麼時候收到以後，來信告訴我。

這個姐姐實在喜歡你。你無論如何不能忘記她。她真是無微不至地關心你。你在家時總是疏忽大意，因此她非常擔心。今天讀了你的信，知道你自己洗衣服，還把皮箱鎖上，感到很放心。

家裏的兩隻沙發（放在陽台上的）前兩天賣掉了。兩隻一共賣了三十元。這兩件大傢伙不適宜於狹窄的房間，所以下決心賣掉了。

今天邱祖銘[註一]先生來訪。他的兩個兒子還是考了大學，其中一人二十五日接到了通知書。另外一人到了九月一日才接到通知書。這個兒子已經絕望了，意外地當了大學生。但不是大學，是體育學校。在他的二十四個志願中本來沒有體育，因為成績差而被強迫進體育學校。

邱先生又講了一件稀奇古怪的事：他的一個親戚是某工廠的職員。有一天，因為需要阿莫尼亞，便打開阿莫尼亞的瓶蓋。那時正逢天氣很熱，一拔出瓶蓋，裏面的阿莫尼亞就一下子噴了出來。他的臉上全部濺滿了阿莫尼亞。趕快送到醫院搶救，但因阿莫尼亞已進入眼睛，一隻眼睛終於瞎了——真是可怕的事。你也和化學有關係，所以務必注意，處理藥品時無論如何不能大意。不過邱先生親戚的事畢竟是個例外。一般情況下，阿莫尼亞是不會爆發的。只因天氣太熱，才爆發了。邱先生說，藥品最好是放在冰箱裏比較安全。

精密儀器製造的書，日本一定很多。去年內山寄了很多書店目錄給我，其中一定有這一

註一：邱祖銘，浙江德清人，豐子愷浙江省立第一師範學校同學。任外交官二十餘年。

類的書。只是這些目錄現在葛祖蘭〔註二〕先生借去了，所以沒有查過。葛先生還來後，我好好查一查，向東京去訂購。與外國人的通信，今後約束為好。凡是資本主義國家的人，盡可能少通信為妙。我家同郵局交往甚多，隨便甚麼信都沒關係，但作為學校的學生，郵局也許會加以注意，所以必須小心。

你寫在黑板上的詩（應嫌屐齒〔註三〕）現在還留着。姑媽打算本月十日回杭州去，阿姐說要陪她去。那麼，到時候家裏只剩我、姆媽和女工三人，很寂寞。

你的丁字尺，阿姐送給了菲君。這東西天津有嗎？很掛念。如有機會，去北京玩玩吧。國慶節火車太擠，不要去。其他的假日去，較好。天津是個好地方，我一直嚮往。甚麼時候一定去玩，那時你要作為導遊來接我了。

（一九五九年）九月五日上午寫畢（上海）

註二：葛祖蘭（一八八七—一九八七），浙江慈溪人。作家、翻譯家，上海文史館館員。日本留學回國後歷任兩廣優級師範學校、兩廣高等工業學校教授，商務印書館編輯等職。

註三：應嫌，也作應憐。全詩如下：「應憐屐齒印蒼苔，小叩柴扉久不開。春色滿園關不住，一枝紅杏出牆來。」宋葉紹翁作，詩題為《遊園不值》。

九

九月八日下午：

今天上午讀到了附有你們學校地圖的信。現寄去五十元匯票，這是你自己的錢，可自由使用。家中每二個月給你寄一次錢，這五十元不要混在一起。離家客居他鄉，會有急需之時，所以必須儲備一些。

國慶時如有機會，去一趟北京也好。反正阿哥處有住所，乘火車去，其他也沒有甚麼不方便。

父字

（一九五九年，上海）

一〇

新枚：

這畫是表現國慶節的，如果你床頭壁上有空的話，可用這畫裝飾，很美觀。

姑母和阿姐今天早上乘七點五十分的火車去杭州。阿姐準備逗留三天回上海。這期間家中只有三人，很寂寞。

前兩天的匯票想必已收到。

這筆錢你不要存定期存款，務須作活期存款比較合適。活期存款可在發生意外情況時隨時提取。上海已很涼快，近來每天八十一二度，這種天氣很舒服。家中一切平安，貓伯伯〔註〕也比以前胖得多了。

父字

〔一九五九年〕九月十一晨〔上海〕

註：貓伯伯，在豐子愷故鄉，大約對於特殊而引人注目的人物，都可譏諷地稱之為伯伯，如「鬼伯伯」「賊伯伯」。家中的黃貓因此得名。

新枝：この画は国慶を祝ふ示しで、若し君の空いた壁があれば、これで飾ると綺麗になる。姑母と姉様は、今日早晨七時五十分の汽車で杭州へ行く。姉様は、三日滞在して上海へ帰るの。その間家には只二人ばかりある。随分寂しいです。先日の為替は受取ったと思ひます。

緣緣堂用箋

この金は定期預金にしなければ、成可く当座預金にする方が宜しい。当座預金はまさかのとき何時も取れる。上海もう涼しくなった。近頃毎日八十一、二度で愉快な天気だ。家は皆無事息災で、猫様も前よりずっと肥くなった。

父より 1959 九月十二晨。

緣緣堂用箋

①定期存款 ②活期存款 ③急需 ④万一 ⑤平安

一一

九月十四日夜：

兩封信都收到了。寒假有兩星期，真高興！那時你一定回來。學生打折扣的票要坐兩天三夜，不行。盡可能乘一般的快車。別節省錢。

邱祖銘先生的兩個兒子，一個進了醫學院，還有一個本來要進體育學校，但他的體重不夠五十公斤，說是沒有資格入學。現在很尷尬。邱先生昨天找我商量，我也無能為力，終於我還是給他介紹了教育界的朋友，請託設法轉到其他學校去。成功不成功還不知道。其他的事情阿姐會寫信告訴你。

致新枚

父字

〔一九五九年，上海〕

一二

九月廿三夜：

很長的日文信今天上午收到（這次的信比以前好得多了，一個錯誤也沒有）。你有這樣的想法，我們很高興。古人有「最小偏憐」之說，你是我們家裏最小的一個，所以大家都喜歡你。你能明白這一點，大家很高興。

今天我去看肺病，今天是拍X光片，所以還不知道病情如何。大概沒有甚麼變化。我和阿姐在醫院裏遇見了你的朋友。這人好像叫謝春（？）生。他說是你的初中同學。他最近也患了肺病。他問起你的地址，我們告訴了他。他以前來過我們家，所以一見我和阿姐就認得。據說他現在是某大學（西安）的學生。

北京的阿哥昨天有信來。據他說，國慶節北京限制人口出入，不是因公不能隨便進出。那樣的話，你國慶節就不能去北京了。

你的同學陸金鑫前幾天來此，說要借手風琴。你母親便寫信叫陸君去姨母處取這樂器。所以現在樂器在陸君那裏了（聽說陸君的家在姨母家附近）。

家裏的貓近來胖了許多。英娥〔註〕拿來稱了一下，已有九斤重，所以你回來時一定不會死。不必擔心牠會死。近來副食品越來越多，魚也時常能買到。所以貓食一直很多。

家裏沒有甚麼變化，一切都和你在時一樣。只是窗前的蟬聲沒有了，代之而起的是每晚蟋蟀的叫聲。江南的秋天很可愛。草草。

致新枚

父字

〔一九五九年，上海〕

脫鞋

註：英娥（也作應娥），家中女工，亦是鄉親。

一三

九月廿五夜：

附書籤的信今天收到。書籤已給芳芳〔註一〕，她非常高興，說要把一枚送給她哥哥。

這裏已是國慶盛典的打扮。淮海路上到處都掛着輝煌的彩燈。今天下午我和阿姐一起去城隍廟玩，那裏完全變了樣。從前窄狹的麗水路現在變成了寬闊的大道，竟認不出了！廟裏也處處變了樣，九曲橋的池塘裏種着蓮花，還有噴泉。有很多小朋友在九曲橋上。就連星期五也非常熱鬧，擠不過去，更不用說星期天熱鬧的景象了。

那個跛子（是x x x吧？）的家必須從此地遷走了。聽說他母親欠了二千多元房租，房管處強迫他們遷到徐家匯不好的弄堂房子裏去。這是鄰居張師母說的。今後你暫時不要與他通信。他母親確實不是好人。聽張師母說，她非常強辭（詞）奪理，怎麼也不肯搬家，但礙於里弄群眾的公憤，只得服從。那跛子實在很可憐。你和他通信時，最好不要提起上述情況。

你感冒痊癒了吧？大家都很擔心。要多保重。我們現在這樣打算：明年四月開政協大會時，全家（包括滿娘）都去北京（聽說連家屬也是公費），回來時去遊天津。天津確是個好地方，我嚮往已久，因為李叔同〔註二〕先生在天津出生。四五月時，天津的氣候料想不錯。

上海已涼快了很久，但昨天突然熱起來，窗前樹上最後的蟬叫起來。中秋過後蟬還未死，真是少有的。

副食品越來越多了。統戰部每月送來肉和蛋，你母親很高興。草草。

註一：芳芳，鄰家女孩張莉芳的小名，有時也叫阿芳。其妹叫平平（萍萍）。

註二：李叔同（一八八〇—一九四二），即弘一法師，法名演音，號弘一，晚號晚晴老人。精通繪畫、音樂、戲劇、書法、篆刻和詩詞，是豐子愷在浙江省立第一師範求學時的老師，出家後又收豐子愷為弟子，對豐子愷一生影響深廣。

致新枚

父字
（一九五九年，上海）

一四

九月廿九夜：

二十六日信今天（二十九）下午收到。遊行時，關照要盡量穿新一點的衣服，你的「壽衣」(註)沒帶去大概後悔了吧？寒假一定帶去。因為即使過了十週年，也會有需要穿新衣服的其他機會。上海已完全變了樣，到處有許多電燈和新建築物。我曾經到南京路和淮海路去看過，熱鬧得很，擠不過，所以看一下立即回家。今天下午我參加了建國十週年的慶祝會，外賓多得很！因此從三點開始到五點就散會。從列格勒來的外賓帶來了很多禮物。其中有很大的花瓶。

我終於去檢查了肺病，還是和去年一樣，不好不壞。還是吃雷米豐。你的感冒如果還沒有好，千萬不可怠於看病，因為年青的人肺較弱。

今天是星期二，我在寫此信時，阿姐他們五人在樓下學習法語和德語。

致新枚

父字
（一九五九年，上海）

註：家人戲稱最好的衣服為「壽衣」。

一五

九月卅日夜：

今晚節日的氣氛非常濃厚。全市的電燈數也數不清，大約有幾百萬隻。現在（晚七時）姆媽、阿姐、聯阿娘、咬毛、細毛〔註一〕和阿芳六人去玩了。我一人在家休息，覺得寂寞，就寫此信。

咬毛今天早上七點到達上海。她大概想家，只有三天休息也要回來。但是家裏並不歡迎她，怪可憐的。她在這裏吃晚飯，這時秋姐〔註二〕打電話來了。阿姐和秋姐在電話裏說話時，我對咬毛說：「你要和阿姐講話嗎？」咬毛好像不想講的樣子，但終於還是去接電話了。只是她自己不講話，始終聽秋姐講話。聽完以後，回到餐桌邊時，她哭了起來。大概秋姐在電話中責備了咬毛。因為咬毛回來，要多費錢了（聯阿娘家費用大部份由秋姐負擔）。我和阿姐都怪秋姐，節日裏不可責備人。總之，這種悲劇都是金錢在作祟！〔註三〕（祟音細。日本是動詞，自動詞四段活用。）所以我當晚給了咬毛五塊錢。今晚咬毛宿在我們家，因為自己家沒有趣味。她後天回無錫〔註四〕去。邱祖銘的兒子到底沒能進高校（體育）。現在在家裏自學，和你去年一樣。〔註五〕

今天，北京的阿哥來信。據說你的學校出現了反動標語，那是想不到的事情。我以為工科學校總是沒有反動分子的。

江灣的哥哥〔註六〕今天來電話，說十月二日他全家要來這裏。據說寶姐、先姐家也要在這一天來。那時一定很熱鬧，像元旦一樣。

在日本，有關精密儀器的書一定很多。我有很多日本文版書目，但都被人借去了。前幾

註一：聯阿娘，豐子愷之妻妹徐警民（一九〇四－一九七九），又名聯珠，新枚稱她「聯阿娘」或「聯娘」。聯阿娘三女沈綸（後為新枚妻）小名「小毛」，因家鄉話常稱「小」為「咬」（ǎo），亦稱其為「咬毛」；四女沈敏，小名「細毛」。

註二：秋姐，咬毛的大姐沈國馳（號佩秋），生於一九二六年，內科醫師。

註三：聯阿娘多子女，生活拮据，全仗已出嫁之長女沈國馳協助理家。正如此處所說：金錢作祟。其實母女姐妹感情極好。

註四：她當時在無錫輕工業學院讀書。

註五：新枚在入天津大學之前，因患肺病，曾在家休養一年（自學）。

天問過民望哥，他那裏只有音樂書目錄。那麼別的目錄一定在葛祖蘭先生處或吳朗西〔註七〕先生處。以後我問問葛和吳。如有目錄，可從中選出你所需要的書向日本去訂購。但這事現在還早。順便說一件事：那位內山完造〔註八〕先生於九月二十日在北京去世了。他為了慶祝建國十週年來到中國，但因腦溢血在北京去世。遺憾之至！他的骨灰這幾天運來上海，我要去上海公墓弔唁。他今年七十四歲。現在是「擾攘紅塵界，從今當隔離」〔註九〕了！聽說滿娘時常同女僕爭吵〔註十〕。那女僕很討厭滿娘，希望她回上海（她以為滿娘是客人）。滿娘十分苦惱。那女僕自己提出辭職，滿娘馬上同意。但她又拖拖拉拉地不走。這就更尷尬了。正如石門灣的俗語所說：「先進山門為大。」如果她來時，滿娘正在杭州，就不會有這事了。她把滿娘當做（作）來杭州作客的外婆，而杭州大學的外婆有很多跟女僕一樣。看來人世間有各種各樣的事，真是複雜得很啊！

十月二日晨：昨晚先姐、宋姐夫、毛頭和小冰都來這裏住宿，看煙火看到十一點才睡。全市都在狂歡。今天天氣非常好，真是少有的（過去國慶總是下雨）。

致新枚

父字

（一九五九年，上海）

註六：指新枚的大哥華瞻。

註七：吳朗西（一九〇四—一九九二），編輯家、出版家、翻譯家。

註八：內山完造（一八八五—一九五九），日本岡山人，一九一六年至一九四七年一直居住在中國，主要經營內山書店。內山完造是魯迅先生的摯友，也是豐子愷之好友。晚年從事日中友好工作。

註九：這是日本《伊呂波之歌》中的一句（原文此句中還有「今日」二字）。豐子愷曾在《瑣記》一文中將此句譯成「擾攘紅塵界，從今當隔離」。

註十：滿娘在杭州依女兒而居，但常到上海豐子愷家。女工則以為她在滬依弟而居。

一六

十月六日夜：

二日的信昨天收到。其中有一些錯誤。

(1)「吃飯」的「飯」一般不這樣講。稱為「御飯」。這個「御」不是敬語，已成了習慣。

(2)「附近」一般不用。稱為「近所」。

(3)「子新枚叩」不是日本式的，是中國式。日文應用「息新枚拜上」。如果是朋友，不用「拜上」，而用「拜啟」。

你信上講到吃海參。海參是我喜歡吃的東西。昨天薛佛影〔註一〕先生來，勸我吃這東西。所以如果天津有賣，你買一些放着，寒假時帶回來。甚麼店裏有賣，向天津的本地同學打聽一下。

薛先生是同兒子萬竹一起來的。據說萬竹每星期天都回家。他仍然口吃，叫我「伯伯」時，在父親的幫助下好容易叫出來。他還沒收到你的信，所以來問你的地址。我已把你的地址寫給了他。他說那天在火車站蘋果落在地上，因為人多擁擠，被踏壞了。他表示了感謝的意思。

今天是民主德國建國十週年，我出席了大會。在會上碰見文化局長，他又談起畫院院長的事。我雖堅拒，但他說已向國務院申報。看來這件事無論如何推不掉了，我還是要當院長了！但打算不受工資，今後不會很忙。

最近月珠大姨（母親的姐姐〔註二〕）來了。睡在你的床上。所以家裏熱鬧了些。

致新枚

父字

〔一九五九年，上海〕

註一：薛佛影（一九〇五—一九八八），上海工藝美術研究所雕刻工藝師，國家文化部授予特級工藝美術大師。

註二：是堂姐。

一七

昨天，xx來信說：「我悔改了。請原諒我。六個孩子每天捱餓。冬天近了，衣物沒有着落。請看在孩子們面上借給我三十元。」寶姐說：「給他十元。」但我想，沒有那麼容易。回信這樣說：「你有悔改之意，我一定原諒。但去年你敲詐，家裏人都很氣憤。尤其是華瞻兩度寫信給你這流氓，至今還在氣憤。因此，如果你不向華瞻道歉，誰也不願意到郵局去匯款。」如果他給華瞻寫來了謝罪的信，我打算寄他十五元。

今天滄祥來電話通知：嘉林大伯〔註〕昨天去世了。終年八十三歲。滄祥今晨坐火車回去。我匯十元去弔慰。

內山完造先生最近在北京去世。他的弟弟已抵香港，要到北京去把內山的遺骸迎來上海公墓安葬。到那時我也將參加。

日本書的目錄在葛祖蘭先生處，日內叫英娥去取回。（葛上了年紀，不能拿重的書來。）取來之後，如果有你所需要的書，就把目錄寄給你。內山雖去世了，他弟弟內山嘉吉仍在東京主持內山書店。以後要買書時，可以寫信給嘉吉，仍舊可以買。

致新枚

父字

〔一九五九年〕十月十三日〔上海〕

註：豐嘉林是豐子愷的堂兄，滄祥是其長子。

一八

十月二十八日下午：

昨天是我的生日。上海還是缺乏副食品，所以不去飯店，在家裏招待客人。來客是：朱幼蘭〔註一〕、聯阿娘、月珠大姨、奎娘舅和寶姐等人。

內山的骨灰前兩天運來了，前天埋葬在萬國公墓。我去參謁了。他弟弟內山嘉吉也來。你要買的書（連民望哥要買的音樂書），我拜託了嘉吉。嘉吉不日將返回日本。

阿姐說：你的新卡其制服脫下後會與他人的衣物混錯，所以要在上面寫個字。如果是帽子，在裏面用鋼筆寫；上衣則在領頭裏面寫，褲子寫在袋裏。這樣就不會和他人的混錯了。

畫院院長的事看來就要成為事實。我已經同意了，但提出不受薪水的條件，只是文化局不同意這條件。他們說：「你可以在家裏工作，但薪水一定要送。」如果非這樣不可，我也就不打算再爭了。

聯阿娘最近生病了，在自己家裏燒飯有困難，所以和細毛兩人宿在我們家裏。聯阿娘睡你床上，細毛睡地板上。

芳芳和平平〔註二〕每天晚上一定來這裏。阿姐很喜歡平平，芳芳昔日的地位現在被平平奪去了。從性格上講，平平確實勝於芳芳。芳芳是林黛玉式的，平平是薛寶釵式的〔註三〕。兩個女孩（有時她們的弟弟維維也一起來……）每晚在這裏玩到八點。一到八點鐘，她們的父親會來喊她們回去。你姆媽有時嫌我和阿姐太喜歡芳芳平平，尤其是給她們食物的時候。媽媽把親戚和鄰人分得很清。如果是朝嬰或「弟弟」〔註四〕，她認為是親密的，而芳芳平平就不親密了。這也很可笑。

註一：朱幼蘭（一九〇九—一九九〇），早年皈依印光法師，豐子愷之好友，《護生畫集》第四、六集題字者。退休前在上海第十五中學任職，曾任市佛協副會長。

註二：芳芳平平的母親因短期外出服務，將芳芳（當時讀小學）託住在隔壁的豐一吟照顧。後來妹妹平平（尚未上學）也常來玩。

註三：奇怪的是二人長大後性格與小時完全不同了。

註四：「弟弟」是楊朝嬰的弟弟，但家裏無論老幼都稱他為「弟弟」。

你還沒有到過北京。如有空閒，不妨到北京去一趟。例如星期六下午去，星期天晚上火車回來，花的錢也不多。你可在阿哥處住宿，作一日遊，用不了十塊錢吧。由阿哥為你導遊，可以遊玩一些主要的地方，但事先必須與阿哥約好。

上一封信提到買海參的事，但聽說國慶節供應多，國慶以後又會少了，所以你不要再買了。這不是我十分喜歡吃的東西。

致新枚

父字

（一九五九年，上海）

一九

十一月四日：

向日本訂購書的信，昨天航空寄出了。你的一共二十二冊，也許不能全部買到，大約一個月後有回音。價格大約一共三十元光景（日本一百五十元＝人民幣一元）。

家裏一切照舊。大家都很健康。

小包（衣服）收到了，上月底的匯款（四十二元）收到了嗎？最近的信裏沒有提到，阿姐很擔心。如果忙，每星期寫一張明信片即可。寫長信費時間。

上海最近有錶賣，但很難得到機會（沒有券不能買）。我因為文史館的照顧，得到一張券。日內想買一隻瑞士錶，因為我的懷錶太重，不方便。

前幾天有一個本來不認識的青年在我家住宿。這人名劉孔菽，是江西省吉安縣人，很喜歡畫，特別愛好我的畫。今年才十九歲，美術天才很豐富，我從未見過這樣的人。他從吉安一到上海，立刻來訪問我。他想進杭州藝專，但公開的考試期限已過。現在帶着組織上的介紹信，想去杭州藝專交涉。但去杭州向學校交涉，無論如何不行的。吉安人不知此間消息，以為「只要有組織上的介紹信，隨時可以入學」，豈非可笑？所以此人不得已，再度從杭州回上海，再次訪問我，打算在南京乘船回江西，但在杭州火車站對着旅客作寫生畫時，錢包被人偷竊去，火車票也放在錢包裏，連忙向警察報案。但身上一文不名，不得已，在警察局宿了一夜。次日，警察捉住了那扒手。除了車票當天已退掉外，錢都沒有動用，全還他了。此人很窮，所以警察把車票的價錢（三元多）償還給了他。現今的警察、現今的社會秩序，實在太好了！這人在我家宿了二夜，今天回去了。我看他可憐相，送了他十元。他打算明年夏天再來杭州考試。

阿姐說：冬天到了，洗冷水浴恐怕會傷風，不可再洗。你自己注意。華瞻哥最近去南匯勞動，只有兩個星期，不太辛苦。聽說北京的阿哥也去勞動，但痔瘡復發，生病了。你該去信問候。

致新枚

父字

（一九五九年，上海）

芳芳平平照舊每晚來此玩。

我看你的日漢字典太小了吧？如你想要詳細的，我買一本上海新出版的日漢辭典給你吧。廣洽法師〔註〕送的錢正好夠用。

父字

註：廣洽法師，一九〇〇年生。一九二一年出家於廈門南普陀寺旁的普照寺。一九三一年經弘一法師介紹與豐子愷認識。一九三七年避寇赴新加坡。一九四八年回廈門時與豐子愷首次會晤，一九六五年在上海重逢。二人魚雁往來達四十三年之久。一九七五年豐子愷去世後，廣洽法師於一九七八年到滬上祭奠，曾在新加坡出版豐子愷作品多種。一九八四年成立的豐子愷研究會和一九八五年重建的緣緣堂，均得到廣洽法師的熱情支持和贊助。廣洽法師在新加坡創辦彌陀學校，主持佛教施診所，退休前任新加坡佛教總會主席。一九九四年圓寂於新加坡，終年九十五歲。

二〇

手啟（十一月十七日）：

《日漢辭典》一冊，今日由郵局寄出。這辭典十分詳細，我覺得極好。其查法大概是新的，即：「ヂ」「ヅ」不再使用，而改用「ジ」「ズ」。發「ワ」音的「ハ」、發「イ」音的「ヒ」，發「ウ」音的「フ」、發「エ」音的「ヘ」、發「オ」音的「ホ」，都改用「ワイウエオ」了。在這辭典後面有「漢字索引」。這很有用處。例如如果不懂得「蟹」這東西在日本稱甚麼，在這索引的十九畫裏一查，立刻知道是「カニ」了。

這辭典的價格是十三元。廣洽法師送的錢正好夠用，所以阿姐已從你的存款中支付了。凡機械方面用書，都由家中支付，其他的書則從你自己的錢中支付。

此處諸人皆平安度日，候你兩月後歸來。客堂裏的鋼琴也在等你歸來。你離去之後，這鋼琴沒有一個人彈。只有偶爾芳芳來彈彈蹩腳的小曲。

致新枚

父字

〔一九五九年，上海〕

二一

十一月二十五日：

天津已這樣冷了嗎？我感到驚訝，這裏還是六十度的和暖日子。明年春天我們（姆媽、阿姐和姑母）去北京時一定去天津玩。鄰居兩個孩子每晚來此玩，如果沒有這兩個孩子，實在寂寞。學校的伙食如果變成食堂制，你要盡可能選營養好的菜來吃！因為健康最重要。

致新枚

父字

〔一九五九年，上海〕

二二

新枚：

你們蘇先生來信謝我所贈書扇，其信附去，你看後不要了。另附一信，你便中送去。蘇信上言，你校近來重務實，想課業必忙。菲君不知何故，不得上級信任，時多苦悶，此實非始料所及。最近他來信，說好轉些。以前有一時，他生病（瀉疾），常不蒙照顧，北大有此種不合理情況，我未敢相信也。菲君說：國慶節他去找草娘舅，下鄉去了。他就到黎丁家，黎留他宿夜，並招待他飲食，黎丁真要好子〔註一〕。此人古道可風，琇年亦好客。我也常常寄信或送東西給他們。

家中一切照舊，我杭州決定不去，畫院難得去。你在家時，他們來言院長薪俸尚未批准，至今仍無消息。聽人說，是不能不受的，但即使受了，我也不去辦公。

父字

〔一九六〇年〕十月十二日

朱先生〔註二〕之錶已修好，完全同你的一樣，他很高興。寫許多字送廣洽師。

註一：要好子，石門一帶方言，意即殷勤。

註二：朱先生，指朱幼蘭。

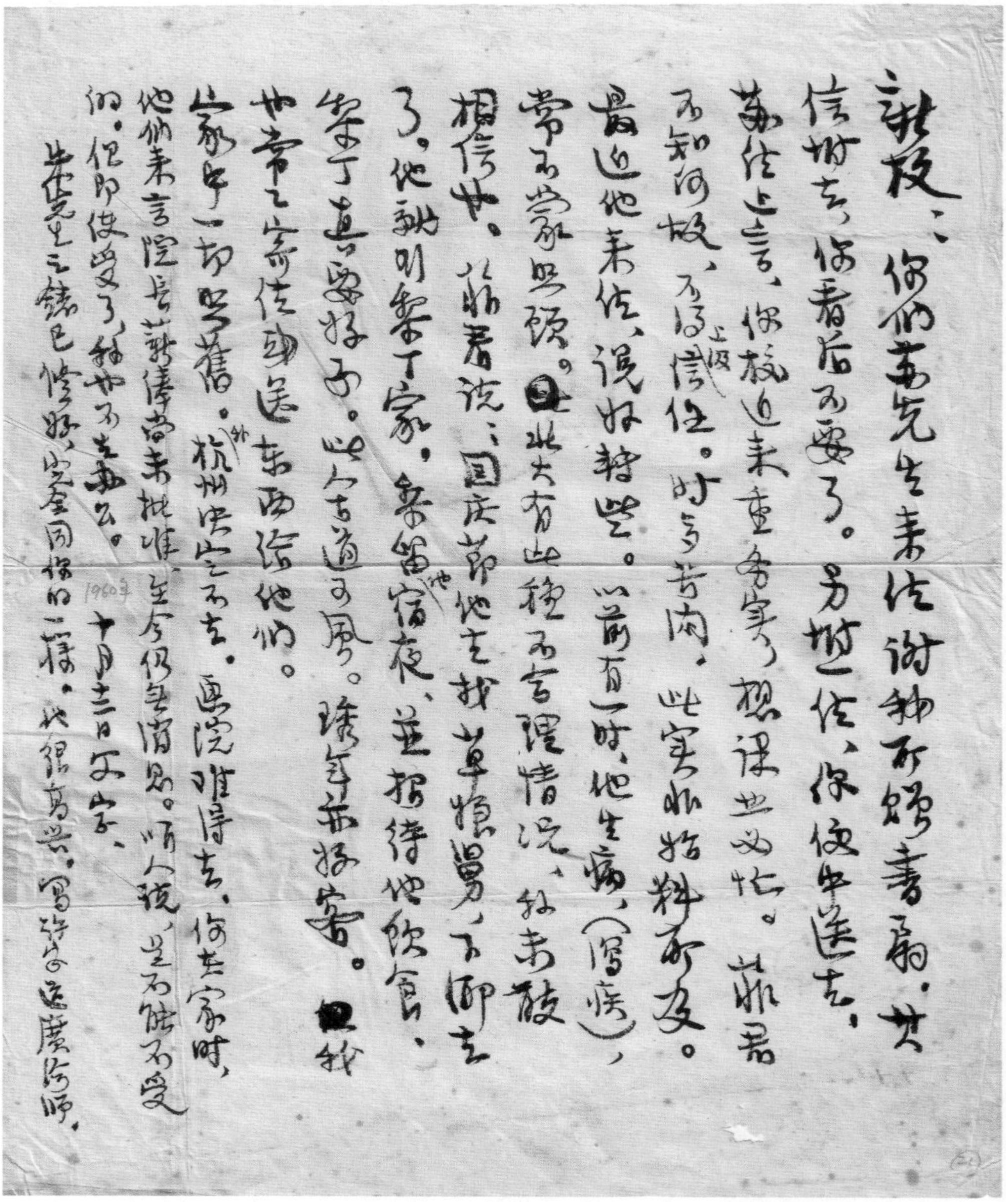

新彼：你們萧先生來信謝轉所贈書扇，其
信附去，你看後不要了。另附信，你便中送去，
萧佳上言，你校近来重务实，想课业必忙。萧君
不知何故，不得上級信任。时多苦闷，此实非始料所及。
最近他来信，说好转些。以前有一时，他生病（胃疾），
常不当家照顾。因此大有此种不容理情况。我来校
相信些。从前看说：国庆节他去找萧杨男，下乡去
了。他说明需丁家，需留他宿夜，并招待他饮食，
需了真要好不。此人古道可风。臻年亦好客。我
也常之寄信与送东西给他们。
你家中一切照旧。杭州外淡山之不去。医院难得去，你在家时，
他们来言院长辞需来批准，至今仍无消息。何人说，岂不能不受
的。但即使受了，我也不去嘛。
先生之病已修好，完全同样的一样。我很高兴。写给你送广发师。
1960年 十月廿日 父字、

二三

十一月廿一夜：

你有志學習書法，甚好。但這事必須從基本練習做起。你以前摹仿我的字。我是以《月儀》為基礎的，所以你必須練《月儀》。《月儀》這字帖是晉朝一個叫索靖的人所寫的，是最活潑的行書，古今以來無有可類比者。現在我把《月儀》一冊以及我臨寫的若干張另郵寄你。有空時好好練練吧，一年後必出成績。

致新枚

父字

〔一九六〇年，上海〕

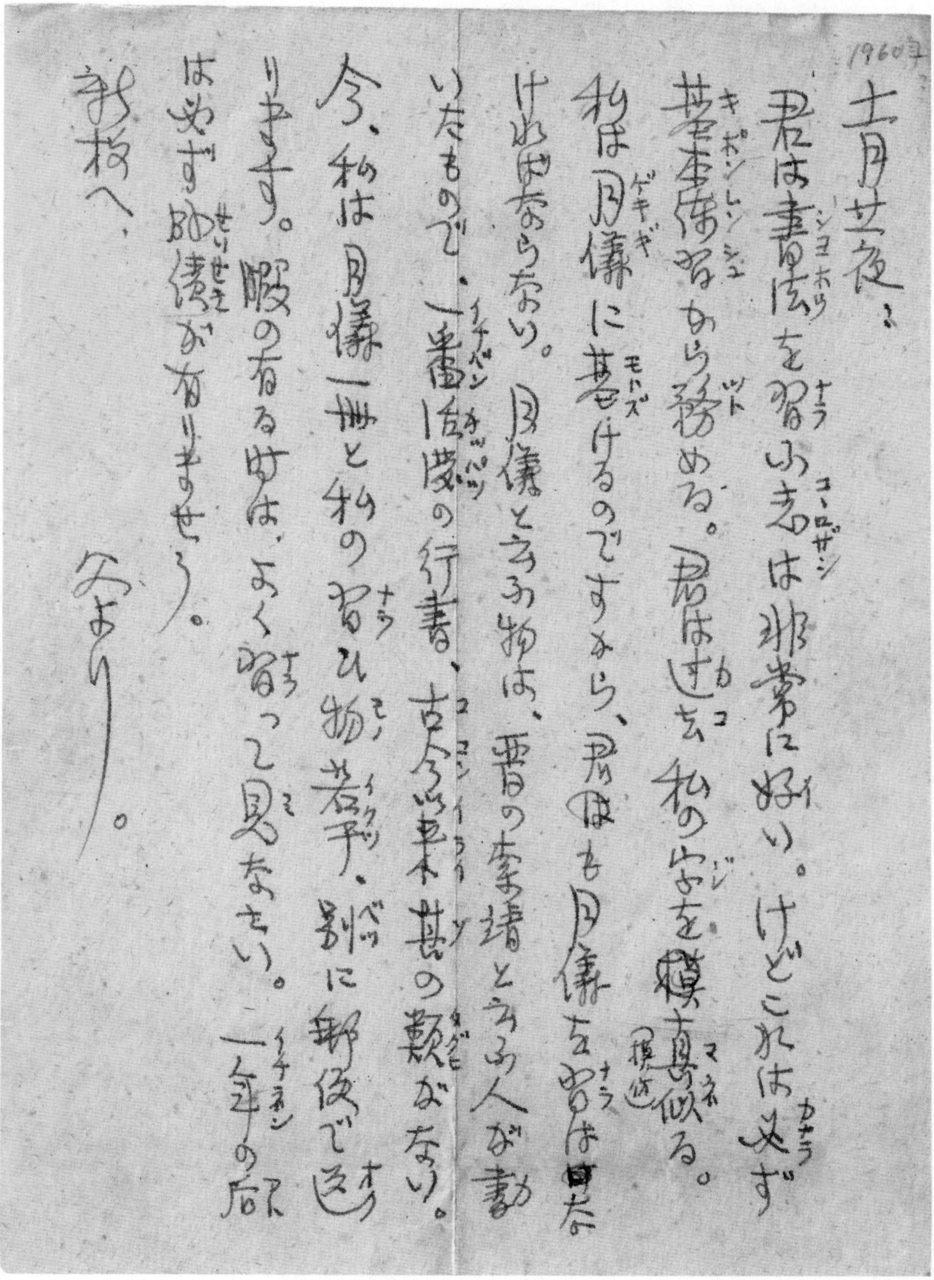
1960年

十月廿夜：

君は書法(ショホウ)を習(ナラ)ふ志(ココロザシ)は非常に好い。けどこれは必(カナラ)ず基本練習(キホンレンシュ)から務(ツト)める。君はす過去(カコ)私の字(ジ)を模真似(マネ)る。(模倣)私は月儀(ゲキギ)に基(モトズ)けるのですから、君はも月儀を習(ナラ)はなければならない。月儀と云ふ物は、晋の索靖と云ふ人が書いたもので、一番(イチバン)活潑(カッパツ)の行書、古今以来(ココンイライ)甚の類(タグイ)がない。今、私は月儀一冊と私の習(ナラ)ひ物(モノ)若干(イクラ)、別(ベツ)に郵便で送(オク)ります。暇の有る時は、よく習(ナラ)って見(ミ)なさい。一年(イチネン)の后は必ず成績(せいせき)が有りませう。

新校へ、

父より。

二四

新枚：

聽阿姐讀你信，知你們學生食事看重，此乃新時代新現象。從前青年不辨菽麥，不知稼穡艱難。今日青年都知道「一粥一飯，來處不易」（《朱子家訓》中語）〔註一〕[1]。此乃人生極有意義之一種考驗。但今年奇荒，所以如此。明年但得稔熟，必不如此緊張。

你有時間學外文，甚好。但勿妨礙務虛。今日中國，譬如造屋，現在正在築基地，打夯（音 han〔註二〕），需要有大力之人平地，而暫不需要造屋、築牆、製窗門、製木器，乃至作壁上書畫裝飾之人才。所以「務實」暫不被重視。但基地築成後，要造屋時，自然需要上述各種人才也。此喻甚切，可三思之。

畫院今日送工資，正院長每月二百二十元，從七月份送起。我再三辭謝，被四個人強迫，只得受了。但照舊不去辦公，有事由該四人來我家報告。因此，此工資等於退休金也。今將二十元封在此信內，給你作為「陽曆壓歲錢」（與按月匯款無關，乃額外）。本想郵匯，恐你在校中招搖，故違郵章封入信內。但壓歲錢作別論，也許不能說犯郵章。你在津年餘，尚無熟悉之友朋家，否則可以託轉。明春我到津後，你一定有更多熟人。以後寄物便當些。

舊曆年無論幾天，你決定南返一次。據菲君言，因欲省煤，假期並不短。

華瞻哥今日遷屋，較寬敞，不久他們遷回江灣。我們這裏又清爽了。荷大伯〔註三〕前日來此。滿娘要管臨君，走不開，陰曆年來否亦不可知。

父字

〔一九六〇年〕十二月六日夜〔上海〕

註一：引文出處及原句詳見書末註釋，均以阿拉伯數字標記。——編註

註二：Han，非漢語拼音，是英文。

註三：荷大伯，名豐月秋，豐子愷堂姐。

收到後即來一明信片，言壓歲錢收到，以免掛念。

此款可作陽曆年遊北京之用。阿哥看來不下放了，至今未定。

二五

元旦午後手啟：

你從北京回來後寫的信收到了。阿哥也來信了。據阿哥說，你甚麼都吃，凡是人吃的東西，你沒有一樣不吃。又，說你不修邊幅（即兩個月理一次髮等。不修邊幅，即落拓），比阿哥更甚。前者甚好，後者不宜，自行車運費只六角，真便宜。

今天寶姐、先姐、華瞻哥都來這裏，十分熱鬧。現在都已回去。今年賀年片很多，月曆也送來很多。今將其中最佳的一個寄你，附此信中。這是可以放在桌上的。

在天津騎自行車時，要比在上海時格外小心才是。人們往往以為是在小都市裏，便粗心大意了。不可這樣。日本有一句話叫「油斷大敵」，意即疏忽是人的大敵。

致新枚

父字

〔一九六一年，上海〕

不修辺幅／即落拓。

1961年

元旦午后手啟：

北京から帰ってからの手紙は読みました。兄様も手紙が来た。兄様の言ふところによると、君は何も食べる、凡そ人の食べる物は、食べないものはない。又、君は辺幅を修らない（即ち二ヶ月一度理髪する）ことは兄様よりも甚しい。前者は好いですが後者は宜くない。自転車の運送賃六十銭だけは易いです。

今日、宝妹先妹、華膝兄皆こゝに来る。非常に賑かです。今皆帰りました。今年年賀状は非常に多い。月暦も家から送られた。

子愷扇牋

今其の中の最(モット)も良(イ)いもを一枚君に遣る、この手紙の中に入(イ)れて
居ります。これは桌(デスク)の上に置くことが出来る。
天津で自轉車を走(ハシ)る時は上海よりも一層氣を付(け)なければなら
ない。人は毎(マイ)にか都市だから油断(ユダン)する。これは不可(イケ)なり。日本に
「油断大敵(ダイテキ)」と云ふ話が有る。油断は人の大きい敵(カタキ)ですと云ふ意味(イミ)
です。

新枝へ、

父より。

二六

新枚：

我廿八日返上海。途中曾發燒三十八度，在興國滯留，一醫生，一小包車陪我，準備乘飛機先返上海，終於次日退燒，仍上井岡山。但西藥及打針力大，不勝疲乏。返滬後即赴華東〔註一〕診治，吃中藥調養。今已漸漸復原。同行二十九人中，有三四人（老人）患病，但皆無恙，順利返滬。此行經七八地方，行六千餘里，共三星期，收穫豐富（文材、畫材不少，待健康後寫出來），但十分勞倦。我平生首次經驗也。

大會聽說在十一月中。可以多休息，也好。

國慶節，此間來了七個鄉下客：阿七等三人，聖高〔註二〕及其妹等四人。今已大半回去。鄉下人生活豐富，鈔票甚多，故多出遊。

滿娘的腳至今未癒，不久要來上海醫治，臨君正在設法交託兒所。

荷大伯聽說也要來。

途中作詩甚多，今抄數首給你。

父字

〔一九六一年〕十月四日晨〔上海〕

註一：華東，指上海華東醫院。

註二：阿七，名蔣鏡娥，豐子愷之妹豐雪珍（雪雪）之女。聖高，姓鍾，是豐子愷之母的侄孫。

二七

恩狗：

照片收到。我大約十一月下旬內到北京，確定日子後再告。王紹棠的東西，你帶到北京，由我帶回上海。我有人代提行李，不須自己費力。

鎖買不到。不必說數目字的，普通的也買不到。且隨時留意，倘買到，我帶給你。房間裏會遭竊，真了不得。你只有隨時當心，衣物不亂放的習慣養成，倘再失竊，就怪不得你了。萬一你也遭竊，也不必深惜痛悔。添置衣物等事，我們總有辦法的。

近日南穎在此。僱一臨時保姆，所以大家並不忙。我近日甚空，天天看《源氏物語》。因為赴北京之前，要參觀上海各機關，而我沒有參加參觀（老弱者自由參加）。

九月廿六（十一月四日）那天〔註〕，我們在「功德林」辦三桌酒，諸親戚都全家到。天氣很好。你在天津遙祝，很好。五十元一桌的素菜，等於從前二十四元的。

你勞動結合業務，很有興味，甚好。弄機械要當心危險。

父字

〔一九六一年〕十一月十四晨〔上海〕

註：農曆九月廿六日是豐子愷生日。

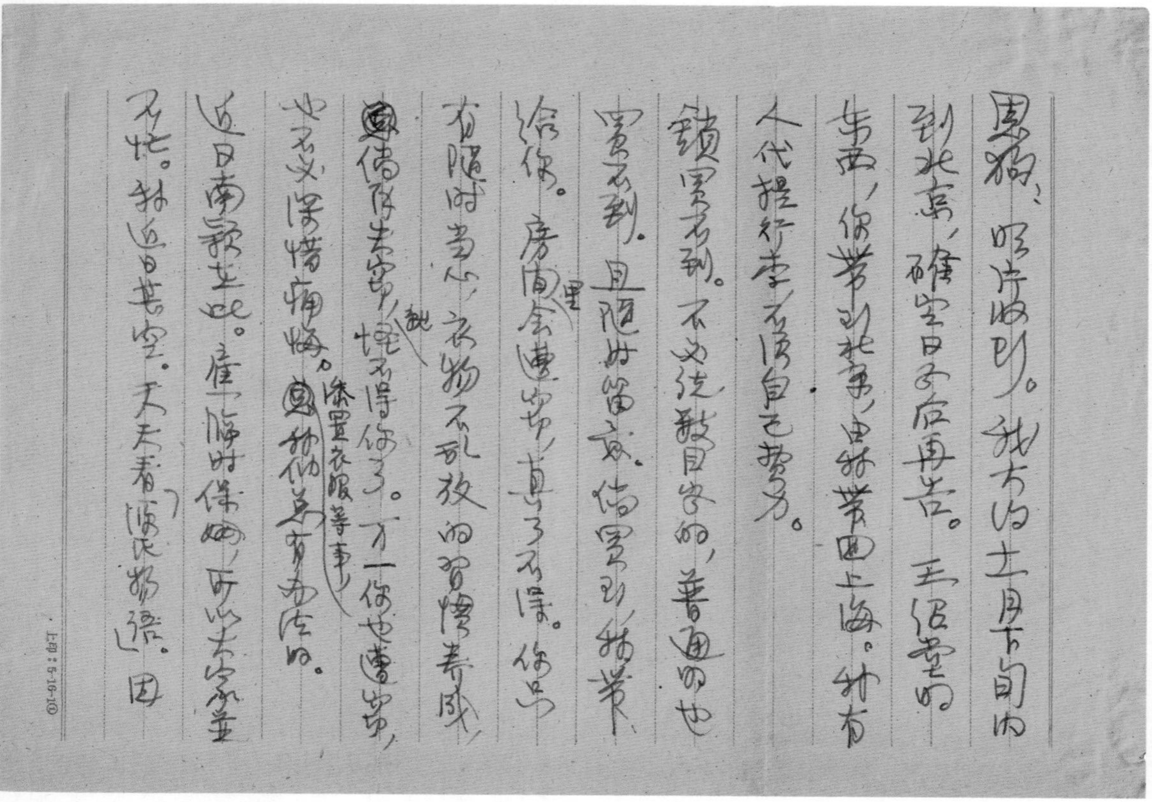
恩狗：照片收到。我下月上旬内
到北京，确实日子后再告。王伯要的
东西，你带到北京，由我带回上海。我有
人代提行李，不须自己费力。
锁买不到。不必注数目字的，普通的也
买不到。且随时留意，倘要我带，
给你。房间里会遭窃，真了不得。你只
有随时当心，衣物不乱放的习惯养成，
倘你未曾失窃，就怪不得你了。万一你也遭窃，
也不必深惜痛悔。（添置衣服等事）损物仍是有办法的。
近日南颖在此。雇一临时保姆，所以太太并
不忙。我近日甚空。天天看源氏物语。因

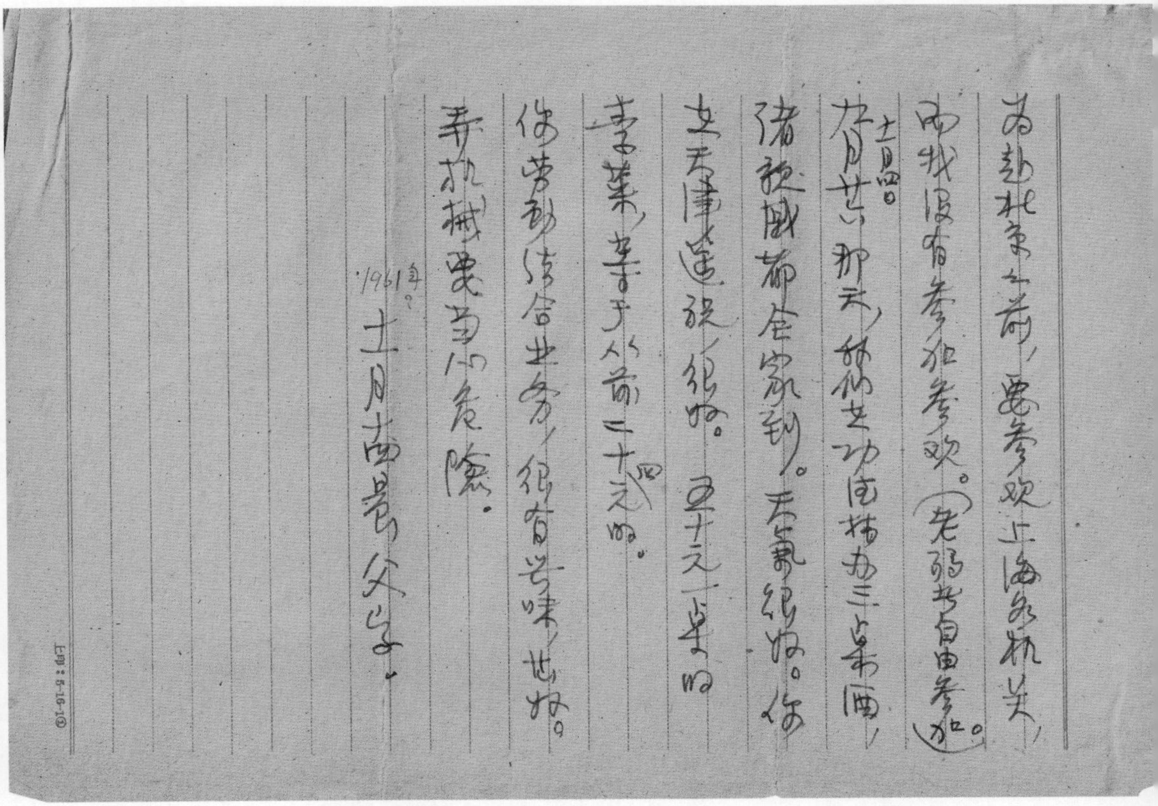
为赴杭来之前，要参观上海各机关，
而我没有参加参观。（老弱者自由参加。）
在十二月廿四日那天，我们去功德林共三桌酒，
诸亲戚都全家到。天气很好。你
丈夫連說很好。五十元一桌的
菜，菜等于以前二十四元的。
你劳动结合业务，很有意味，也好。
弄机械要当心危险。
1961年？
十二月廿四晨 父字。
上印：5-16-1①

二八

新枚：

你的信前幾天收到。去杭州的車票，阿姐替你買好。回來的車票，已託黃鳴祥先生買，你可放心。

我和姆媽二十八日（星期三）帶了南穎先去。希望你與阿姐一起去。但火車難免擁擠，要當心。

和歌四首是我喜愛之物，送給你。

父字

〔一九六五年四月〕二十四日〔上海〕

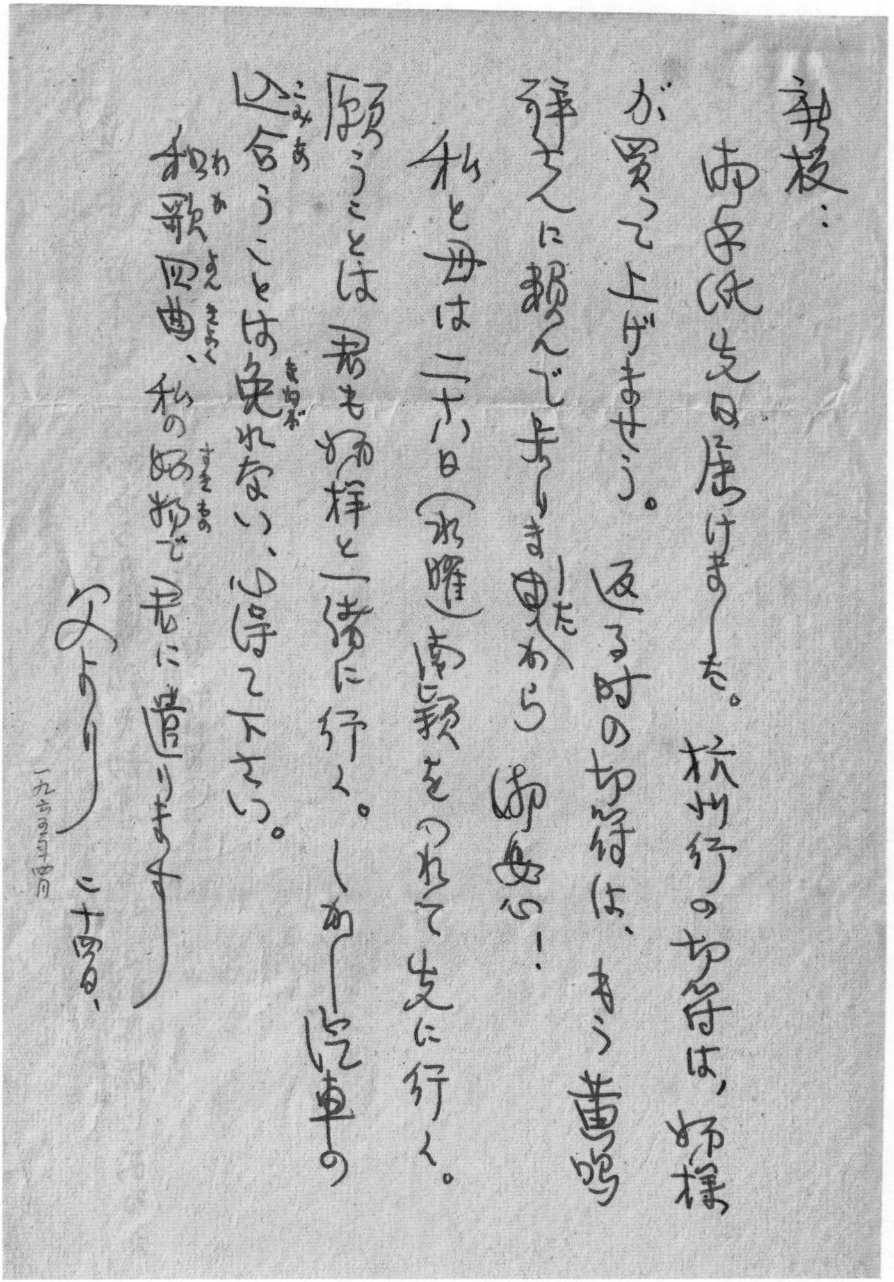
新校：

御手紙先日届けました。杭州行の切符は、姉様が買って上げませう。返る時の切符は、もう黄鳴鐘さんに頼んで置きましたから御安心！

私と母は二十八日（水曜）南穎をつれて先に行く。願うことは君も姉様と一緒に行く。しかし汽車の込合うことは免れない、心得て下さい。

和歌四曲、私の姉妹で君に遣ります

父より 二十四日、

一九六五年四月

二九

別後我早出晚歸，平安無事。因重點在公安六條，與我無關。近日則集中力量於「五一」慶祝，我有時幫助貼標語，只做小工，並不吃力。「五一」調休，星期日上班，星期三、四放假二天。母親因管南穎而身體健康了，阿姐因管小明而身體健康了，我因天天上班而身體健康了。近來只覺得煙、酒、飯，都味美，此即健康之證。故我希望文革延長，我永遠上班，則永遠健康。走去車回，天天如此。

來信已報告煙的情況，未報告酒的情況，以後打聽一下。窩窩頭，我是一定吃得慣的，只要有酒。明年此日，我與母一定已到過石家莊了。

經布〔註〕永不來，但有一對來過二三次，肅靜數小時，悄悄地離去。

《調笑集》（手寫）一卷已尋着，在姐書架內。

〔一九六八年四月，上海〕

註：經布，即織布。織布時梭子穿來穿去。此處指一個「造反派」一度佔用豐家二樓北房用於談情説愛。因似穿梭般經常來，豐子愷為其取名「經布」。

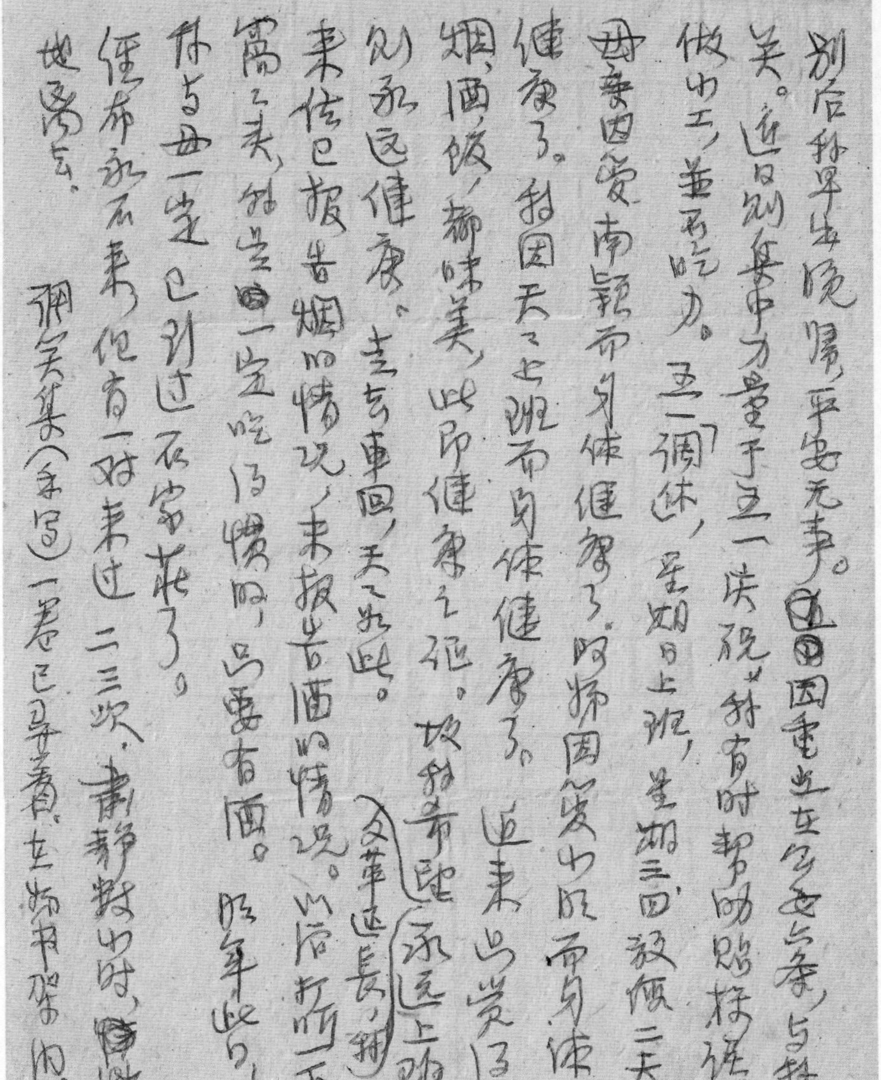

1968.4

別后我早出晚歸，平安无事。因重申公安六条，与我无
关。近日則集中力量于五一庆祝，我有时帮助贴标语，只
做小工，并不吃力。五一调休，星期日上班，星期三四放假二天。
母亲因爱南颖而身体健康了。时婦因爱小殷而身体
健康了。我因天天上班而身体健康了。近来只觉得
烟，酒，饭，都味美，此即健康之征。故我希望 承远上班，
你永远健康。 走去車回，天天如此。 (文革延長，我
来信已报告烟的情况，未报告酒的情况。以后报告一下。
需之夫，然后一定吃得惯的，只要有酒。明年此时，
你与母一定已到过石家莊了。
使布永不来，但有一对来过二三次，静静坐时，情情
地飞去。
秋实集（手写）一卷已寻着，在书架内。

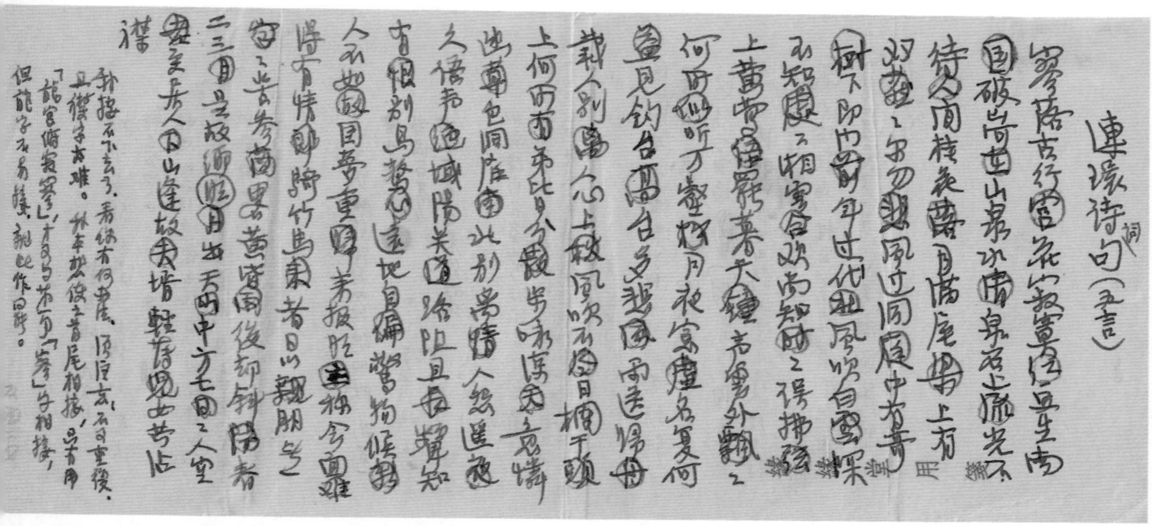

三〇

連環詩詞句（五言）〔註一〕

寥落古行**宮**花寂寞**紅**豆生南**國**破山河**在**山泉水**清**泉石上**流**光不待**人**閒桂花**落**月滿屋**樑**上有雙**燕**燕爾勿**悲**風過洞**庭**中有奇**樹**下即門**前**年過代**北**風吹白**雲**深不知**處**處湘雲**合**歡[2]尚知**時**時誤拂**弦**上黃鶯**語**罷暮天**鐘**聲雲外**飄**飄何所**似**聽[3]萬壑**松**月夜窗**虛**名復何**益**見釣台**高**台多悲**風**雨送歸**舟**載人別**離**人心上**秋**風吹不**盡**日欄杆**頭**上何所**有**弟皆分**散**步詠涼**天**意憐幽**草**色洞庭**南**北別離**情**人怨遙**夜**久語聲**絕**域陽關**道**路阻且**長**顰知有**恨**別鳥驚**心**遠地自**偏**驚物候**新**人不如**故**國夢重**歸**來報明**主**稱會面**難**得有情**郎**騎竹馬**來**者日以**親**朋無一**字**字苦參**商**略黃昏**雨**後卻斜**陽**春二三**月**是故鄉**明**月出天**山**中方七**日**日人空**老**至居人**下**山逢故**夫**婿輕薄**兒**女共沾**襟**

我接不下去了，看你有何辦法。須注意：不可重複。且襟字太難，我本想使之首尾相接，只有用「龍宮俯寂寥」，才可與第一個「寥」字相接，但龍字不易接，就此作罷。〔註二〕

註一：集五言古詩句而成，前句之末字為後句之首字。

註二：新枚在信末續成連環詩詞句如下：**下**窺指高**鳥**道高原**去**也不教**知**是落誰**家**住水東**西**北是長**安**禪制毒**龍**

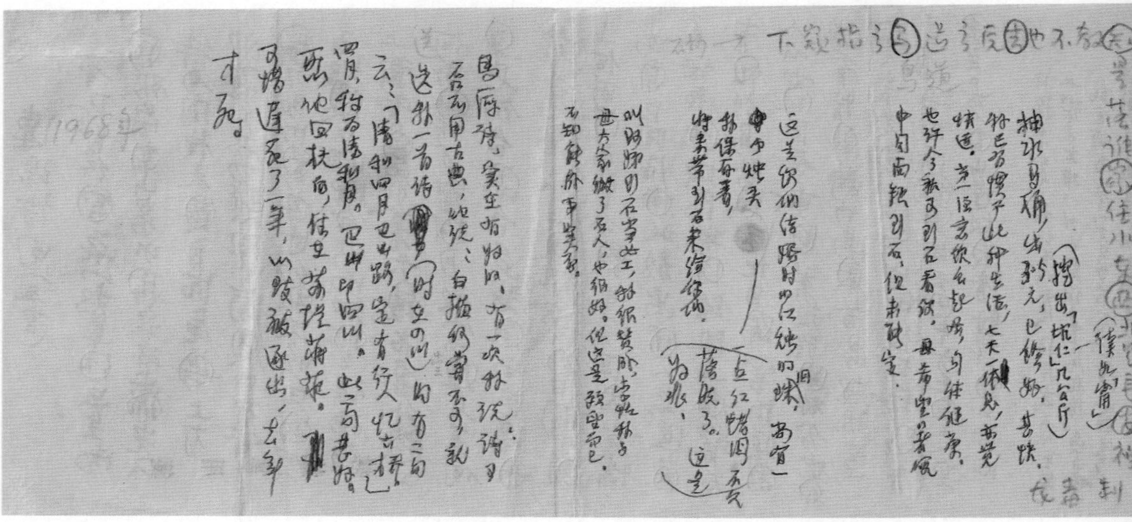

抽水馬桶，出三元五角，已修好（挖出「坑仁」——讀如「甯」——幾公斤），甚快。我已習慣於此種生活，七天一休息，亦覺快適。第一注意飲食起居，身體健康。也許今秋可到石看你。母希望暑假中同南穎到石，但未能定。

這是你們結婚時的紅燭的淚珠，尚有一個燭頭我保存着〔註三〕（一點紅蠟淚，不久落脱了。這是好兆），將來帶到石來給你們。

叫阿姐到石當女工，我很贊成，索性我與母大家做了石人，也很好。但這是願望而已，不知能成事實否。

馬一浮〔註四〕詩，實在有好的。有一次我說：詩可否不用古典。他說：白描何嘗不可。就送我一首詩（時在四川），內有二句云：「清和四月巴山路，定有行人憶六橋。」四月，稱為清和月，巴山即四川。此二句甚好。所以他回杭後，住在蘇堤蔣莊。可惜遲死了一年，以致被逐出，去年才死。

（一九六八年五至六月，上海）

註三：原信此處有鉛筆橫斷面大小的一滴紅燭油痕跡。

註四：馬一浮（一八八三—一九六七），號湛翁、蠲叟等。國學家、書法家、篆刻家，近代新儒家學派的代表人物之一。新中國成立後歷任浙江文史館館長、中央文史館副館長等職。

三一

新枚：

你一定天天候好音，等得不耐煩了。所以我今天把詳情告你，以資慰藉。並有好消息，即林ｘｘｘ報告中提及：「資產階級學術權威，或一批二看，或一批二用，或一批二養，不作為敵我矛盾，而作為內部矛盾。」（大意如此，想你已看到了。）近一二月來，變化甚多，總之是一步一步地使鬥批對象與群眾接近：起初拆牛棚，與群眾住在一起，改請罪為請示，改三鞠躬為一鞠躬，與群眾一起學習；今天又廢止勞動（本來每天早上勞動半小時，我是揩玻璃窗），前天起，大家戴像章——總之，是漸漸地使我們與群眾相融合。看來是逐步進展，直到解放。前天有工宣隊聲言，即日要定性定案，但二三天來杳無消息，想來是被「九大」耽擱了。總之，時間不會長了。我身體甚好，每天早上六時四十分出門，廿六路電車常有座位。星（期）一、三、四、六，五時下班。星二、五，八時下班。但今天（星二）忽然六時下班了，可見此例也將改變。賀天健[註一]每天來，有時請病假。陳ｘｘ捉進派出所了。馬公愚[註二]病死了，此外無變化。我每天廿六路去，四十二路回家。走資派程亞君[註三]隔離了一年多，最近放出來了，和我們住在一起。

附告，隔壁阿芳，今天到黑龍江去了，昨夜來辭行。我近日閒想，將來遷居到石家莊，同你住在一起。我不在乎吃食。天時不如地利，地利不如人和也。

我閒時常背誦《金縷曲》，喜愛的有六首：「季子平安否」，「我亦飄零久」，「披髮佯狂走」（李叔同），「秋老江南矣」（李），「綠樹聽鵜鴂」（辛），「深閣垂簾繡」。大概你都知道了。

（一九六九年四月廿八日，上海）

註一：賀天健（一八九一—一九七七），江蘇無錫人，畫家、書法家。

註二：馬公愚（一八九三—一九六九），浙江溫州人。上海中國畫院畫師，上海文史館館員。

註三：程亞君（一九二一—一九九五），安徽歙縣人。擅長版畫、中國畫。曾在部隊做美術工作，新中國成立後任上海人民美術出版社副總編輯等職。

三二

新枚：

我很健康。生活也習慣了。北面房間，上星期已還給我，現在家裏很舒服，我同母睡在北室，前室作吃飯間，陽台空着。可惜你不來看看。我單位文革進行遲緩，別的單位也如此，聽說五月內要定性定案，但是否實現，很難說。總之，我現在不希望它早結束，反正總有結束的一天。林ｘｘｘ報告第四部份中指出對於資產階級反動學術權威一段，你想必看到了。這證明黨處理從寬，我放心了。我近來相信一條真理：退一步海闊天空。退一步想，對現在就滿足，而心情愉快。例如你，遠在石家莊，不得見所親的人，但退一步想，如果到了更遠的地方，還要苦痛，則現住石家莊，可滿足了。你不在此，家中全靠阿姐，凡對外對內種種事體，都是阿姐主持。她近日觀察，她不會下放插隊落戶，故可放心。我勸她重溫日本文，因俄文無用，而英日文尚有用，是毛主席說的。

我們請罪已改為請示，鞠躬取消，身戴像章，勞動廢止，與群眾混處一起，只欠缺「解放」二字。由此看來，這不是一刀兩斷的，而是逐漸逐漸的。近日來，我完全無事，全面交代早已通過。現在天天看別人交代，也快交代完了，故前途看來不很遠了。總有一天將好消息報告你。

今天是陰曆四月初二，即所謂「清和四月」，是最好的天氣，與三秋一樣可愛。希望三秋時能到石家莊見你。一定可能。

〔一九六九年五月十七日，上海〕

忽憶：昔在重慶，馬一浮先生有詩云：「清和四月巴山路，定有行人憶六橋。」好句也。所以他回杭時居蔣莊（六橋），可惜不早死，在文革中被迫遷出，死在城中陋屋內。

新枚：我很健康。生活也习惯了。北面房间，上半期已还给林，现在家里很舒服，我同母睡在北室，前室作吃饭间，阳台写书。可惜你不来看看。我单位文革进行缓慢（别的单位也如此），听说五月内要定性定案，但是否实现，很难说。总之，我现在不希望它早结束，反正总有结束的一天。林付主席报告第四部分中指出对于资产阶级反动学术权威一段，你想必看到了。这很明显是处理宽。我放心了。我近来相信一条真理：退一步海阔天空。退一步想，对现在就满足，而心情愉快。例如你，远在石家庄，不得见所亲的人，但退一步想，如果到了更远的地方，还要苦痛，则现住石家庄，可满足了。你不在此，家中全靠昭的协助，凡对外对内种种事体，都是阿姆主持。她近日毕业，她不会下放插队落户，故可放心。我劝她重温日本文，因做文无用，而英日文都有用，是毛主席说的。我的结论已改为清示，翻形改清，身带家常，劳动虽止，与群众混在一起。只是缺「解放」二字。由此看来，这不是一刀两断的，而是逐渐逐渐的。近日来，对此完全无事，全面交代早已通过。现在天天看别人交代，也快到完了。故前途看来不很远了。总有一天将好消息报告你。今天是阴历四月初二，即所谓「清和四月」，是最好的天气，与三秋一样可爱。希望三秋时节可在石家庄见你。一吟可能，

缘缘堂用笺

一九六九年四五月

忽忆：昔在重庆，与一陈先生有诗云：「清和四月巴山路，处处行人忆六桥」，指西湖也。所以我回杭时居寓名（六桥）。可惜不早死，在文革中被迫迁出，死在城中陋居中。

三三

十八日下午信，今（廿二，星日）上午收到。我解放已不成問題，唯拖延至今，真不可解。現廿四人中已解放十二（一半），餘十二人，看來不久即解決。我無疑是「一批二養」。且有補發工資，歸還抄去存款之說。故我很樂觀。你說退休問題，只要解放，出外即無問題，用請假亦可出外也。前告我「解放」之人，今見我，搖頭皺眉，表示他不料如此拖延也。

我下鄉，是「看勞動」，故全不吃力。只是坐田陌上，戴涼帽，在太陽下，很熱。夜臥門板上，很硬。飲食全靠饅頭腐乳，餘皆有肉，我不能食也。歸家後，一直健康。前日稍覺疲勞（乃夏至之故，二至二分，老弱者必疲勞），去看病，沈醫生給我病假三天，故在家休息，後天再去上班。六月底以前，看來可以解決，屆時電告你可也。你處有紹酒，九角一斤，很好。火油有辦法，很好。秋天我一定可到你處。「咎」字，查《學生字典》，音「柩」（「臼」），是仄聲。

你寫字太貪懶，例如「高」寫成「亠」，太簡了。「數」字寫成「扠」，亦難解。後宜改之。

今日南穎生日（十歲），華瞻全家來，我初見菊文，以奶粉一瓶為「見儀」。又買衣送南穎。好毛調職到石家莊事，宜抓緊。希望你倆早日團聚。

滿目江山憶舊遊，汀花汀草弄香柔[4]，長亭艤住木蘭舟。
好夢易隨流水去，芳心空逐曉雲愁，行人莫上望東樓。
舊小説所載鬼詞（見《廣四十家小説》第四冊）

今日華瞻全家來此，我忽憶昔日畫題句：「滿眼兒孫身外事，閒梳白髮對斜陽。」（見《隨園詩話》）阿姐說我並不當作「身外事」。誠然。

（一九六九年六月廿二日，上海）

三四

你的信（關於裝電線的）我看到了。囡[註一]想已回津。我十六起又請假一星期，因腰痛，但甚微。在家無事，閒看日本字典。「況」是いわんや（その上、まして），但「豈」字竟無。恐日本是不用此字的？我的假齒破了，明晨去裝新假齒，廿元，甚廉，但不知貨好否耳。文革還有一年，我也聽人說，但恐不確。有人言，廿年國慶大赦，不知是實否。我已習慣此種生活，故有思想準備，隨便他何日解放，總之是「一批二養」耳。畫院還有十二人未解放，但昨天有二人交代（我早已交代過），看來還在進行，似乎不會十分拖延也。後室解放後，家中住屋很寬敞，我與母宿後室，前室是吃飯間，陽台空着，放縫紉機，可惜你不來住。秋天如果我不能到石，要等你同囡探親返滬了。你們何日能調在一處團圓，我很惦念。囡產期返滬，你能否同來？產後嬰孩如何處置？都是問題。母想同南穎、意青到杭州去，因軟姐下鄉，滿娘不能來滬，所以母去看她。秋姐遭變[註二]，大家說最好與聯阿娘同居。但現在聞馮的兒妻（即秋的「大娘」）要與秋同住，如此也好。畫院前日宣佈：已解放者，原薪一百元以下者，恢復原薪（例如原薪八十元，後減為五十，解放後恢復八十），原薪在一百以上者，暫付一百，以後再補。又聽說賀的存款（共有二萬多）已發還。如此，我的存款將來也會發還。阿姐說，錢君匋[註三]解放了，恢復原薪二百零八元，各單位辦法不

註一：一吟的女兒有一藍洋娃娃，稱之為藍囡。後來新枚以此稱其妻，簡稱「囡」。

註二：秋姐遭變，指秋姐喪夫（「文革」中被迫害致死）。

註三：錢君匋（一九〇六—一九九八），豐子愷在上海專科師範時的學生，後為金石書畫家。

同，真看勿來了。

平上去入句，我又想出兩個：「三九廿七」、「油斷大敵」，後者是日本格言「油断大敵」（ユダンダイテキ），油断是疏忽，意謂疏忽是人生之大敵，此格言常貼在各學校的教室中。

（一九六九年七月）十七日上午書（上海）

三五

新枚：

久未寫信給你，有許多話想對你講，拿起筆來不知從何說起。

首先：政策拖延，上週解放了三人，我不在內。還有十二人未解放，不知何日輪到我。反正時間問題，我現在也不盼望了。我把上班當作日常生活，注意健康，耐心等候，我準備等過國慶，等到春節。

秋天到石家莊，已成泡影，明春一定可靠。其間，好毛要來生產，你要來探親，見面有期了。今天阿姐說，她也許要派外碼頭工作。我勸她要求派到石家莊，我與母跟她走。倘能如此，我們可以長久團聚了，至於石家莊物質生活條件，我實在看得很輕，不成問題的。只要有酒（威士忌也好），我就滿足了。近我酒量甚好，每日啤酒一瓶，黃酒半斤。一邊喝，一邊講《水滸傳》給南穎、意青聽（二孩已住我家，華瞻哥正在準備遷市內，未定）。

唐雲[註一]撤銷隔離已久，我與他很投合，互相勉勵，得到安慰。我們近來星期一、二、三到博物館，四、五、六到藥廠或畫院勞動。勞動很輕便，而且有興味，往往三四點鐘下班。我閒時用各種方法消遣，有時造「平上去入」四言句（前已告你），有時做「一聲詩」，即個個字用平聲，或上聲，或去聲，或入聲。古人有「全仄詩」：「月出斷岸口，影照別舸背。且獨與婦飲，頗勝俗客對。月漸入我席，暝色亦已退。此景最可愛[註二]……」以下忘了。我近作了「去聲詩」：「種豆又種菜，處處要灌溉……」未完，真乃無聊消遣也。

前日有人評一畫，寫「停車坐愛楓林晚，霜葉紅於二月花」，畫一人坐看紅葉，是畫錯了。因為「坐」是「為了」之意，非真坐也。例如「坐罪下獄」，即為了犯罪而下獄也。此

註一：唐雲（一九一〇—一九九三），浙江杭州人。書畫家，曾任上海中國畫院副院長、上海博物館鑒定委員等職。

註二：末二句應為：「月漸上我席，暝色亦稍退。豈必在秉燭，此景已可愛。」

「坐」字我過去亦不解，以為真坐也。

我上月裝新牙齒，只出廿四元，很好。現在一切東西都咬得開，這對健康很有益，我很滿意。母患眼疾，已好得多了，為根除，要開刀。開刀並不苦痛，但須住院數日，母正在考慮中。餘後述。

（一九六九年）八月廿三夜（上海）

星期六，阿姐同三孩到寶姐家去了，我寫此信，一邊喝酒。

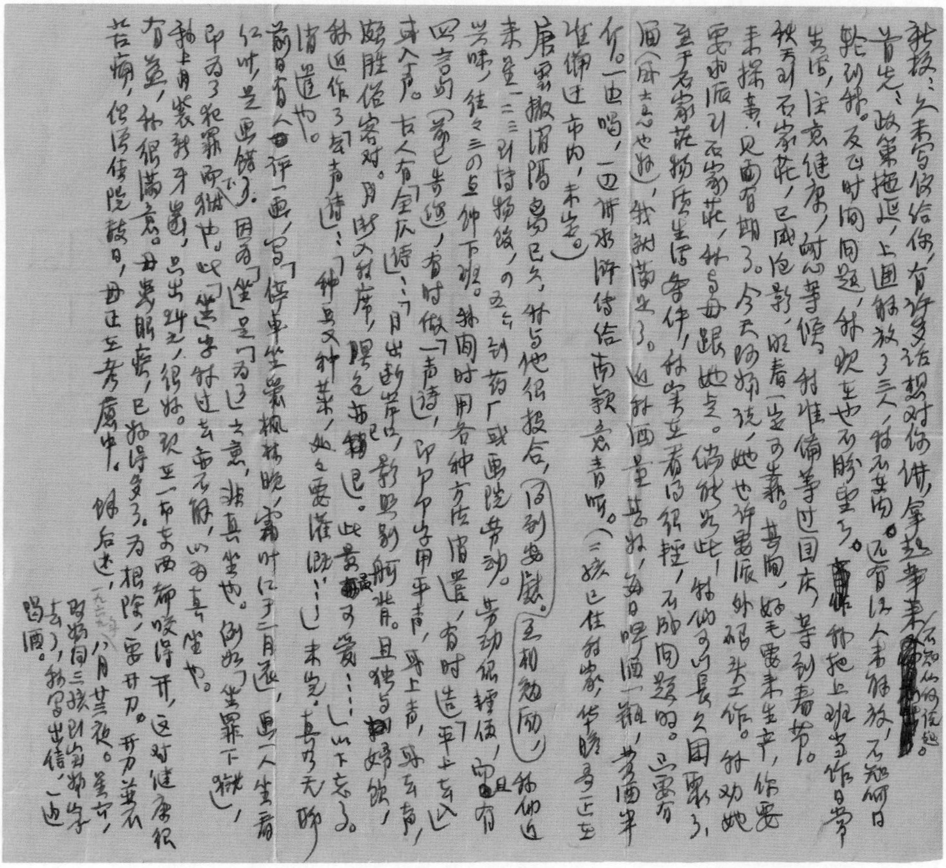

三六

今日星期，華瞻一家來，去望母親。母昨日開刀，經過良好。坤榮〔註一〕宿在醫院陪夜。大約再住幾天可出院。今天寶姐白天去陪。

八·二八命令後，加緊戰備，諸事延擱。我已有思想準備，耐性等候，並不煩惱。聽說，「退休」之風盛行。則我問題解決後，即可求退休，大願遂矣。

你詩興好，集「一」字起的七十多句，我無暇補集，想來可得一百句。我亦集句如下：新豐老翁八十八，兒童相見不相識，愛閒能有幾人來，古來征戰幾人回，詩家清興在新春[5]，能以精誠致魂魄，記拔玉釵燈影畔[6]，幾人相憶在江樓，千家山郭盡朝暉，首陽山上訪夷齊。〔註二〕

今日華瞻來，欣賞你的集句，一字開頭的，他加了幾句。

「三」字開頭的：三山半落青天外，三春三日憶三巴，三晉雲山皆北向，三月三日天氣新，三年謫宦此棲遲，三邊曙色動危津[7]，三千寵愛在一身，三月殘花落更開，三春白雪歸青塚，三分春色二分愁，三杯不記主人誰。「三」字很少。

趕快叫好毛申請調石家莊。現在備戰，北京、天津、上海三處，都要疏散，時機正好，一定批准。好毛在石生產，有大娘〔註三〕照顧，甚好。事不宜遲。

〔一九六九年九月七日，上海〕

註一：坤榮，一位女鄉親，當時正在上海。

註二：此十句集句之首字連起來是：新兒（指新枚）愛古詩，能記幾千首。

註三：大娘，指新枚在石家莊所租農家房屋的房東太太。

三七

看花攜酒去　攜來朱門家　動即到君家　幾日喜春晴　冷落清秋節　可汗大點兵　莫得同車歸　死者長已矣　玄鳥殊安適　客行雖云樂（註一）

你那集句，我看不懂，阿姐研究出了。現我也仿作如右，真乃無聊消遣，但亦雅事。

上週起，不到博物館，到畫院。可以不乘電車，步行十七八分鐘。晨七半至下午五時。無甚事，真乃拖延時日，不知何意。八．二八命令後，局勢加緊，每天要寫思想彙報。我貨色多，不覺其苦，每天寫一張耳。

賀（註二）工資已定，是一百七十元，如此看來，我將來不會比他少，但不知何日實現耳。我準備到春節，大約不會再延了。阿姐言，退休者甚多，我就希望退休耳。

我吃「蜂乳」後，身體大好，不怕冷。過去「七十三度穿夾襖」，現在，七十一度我還穿單衣。

現在我家的問題，主要的是阿姐的工作。已申請當中學英文教師。如果決定了，那末，即使學校遠點，也好。阿姐說，你最幸福，地點好，與戰爭無關，自己燒點菜吃吃，集集詩句，自得其樂。

乘此機會（北京、上海、天津疏散人口），快叫好毛申請調石家莊，如何？

了卻君王天下事，xxxxx（註三）。可憐白髮生。中間一句我想不起，下次告訴我。

（一九六九年，約十月上半月，上海）

註一：此十句集句之首句首字與第二句第二字、第三句第三字……連接起來是：看來到春節，可得長安樂。

註二：賀，指賀天健。

註三：這一句為：贏得生前身後名。

一九六九年九月後

看花携酒去　携来朱门家　动即到君家　簪白喜春晴　啼落佛秋节
可伊大道兵　莫浮向东归　死者长已矣　去马践遥　客行虽云乐

你那篇的，我看不懂，明将研究出了。现我也仿作如右，其乃三节情遣。但亦杂事。

上面整个写得好段，到画院。可以不来北京，出行十七八分钟，早七半到下午五时。无甚事，真可拖延时日，不知何意。8.28市会后，局势加紧，每天要写思想汇报。我经色多，不觉其苦，每天写一些耳。

加工资已定，至170元。如此看来，我将来也不会比他少。但不知何日实现耳。我准备到春节，大约不会再延了。[crossed out]的妈妈言，退休甚多，我就希望退休耳。

我吃了蜂乳后，身体大好，不怕冷。过去「七十三度出汗夹袄」，现在，七十七度时还穿单衣。

现在我家的内容，主要的是你妈的工作。已申请为中学美术教师。如果决定了，那末，你俩学校近点，也好。你妈说，你最幸福，她迫我与找事等矣，自己被迫来吃々，集々待的，自得其乐。

乘此机会（北京、上海太集中人口），特此好毛申请调石家庄。如何？

了却君王天下事××××××××可怜白发生，中间一句我想不起，下次告你　我

三八

想到就寫，有信時附給你，聊代晤談。（重九日）

△有詩人置酒賞雪，合作黑白分明詩，主人曰：「烏雀爭梅一段香。」夫人曰：「寒窗臨帖十三行。」小姐避席吟曰：「纖纖玉手磨香墨。」婢曰：「點點楊花入硯塘。」又一婢曰：「佳人美目頻相盼。」又一婢曰：「對局圍棋打擊忙。」又一婢曰：「古漆瑤琴新玉軫。」又一幼婢曰：「陰溝滑翻豆腐湯。」主人以其用拗音句，罰跪（我添一句：煤球店裏石灰缸）。

△古人評秦始皇詩句：焚書早種阿房火，收鐵還留博浪椎。詩書何苦遭焚劫，劉項原非識字人。

△你十元匯到時，正好是重九（母生日）上午，是星期日，我在家親收。我和母各受五元，我也是九月內生日的，此事預示母與我身體健康，壽命延長。

△柳氏幼女入寺燒香，一青年僧新月作《望江南》云：「江南柳，葉小未成蔭。枝嫩不勝攀折苦，黃鸝飛上力難禁，留取待春深。」柳女之父告官。官捕新月，亦作《望江南》云：「江南竹，巧匠作為籠，留與吾師藏法體，碧波深處伴蛟龍，方知色是空。」新月曰：「死則死耳，願再賦一《望江南》。」官許之，僧曰：「江南月，如鏡復如鈎。如鏡未臨紅粉面，如鈎不展翠幃羞，空自照東流。」官大嘉許，令還俗，以柳女許配。

△有士人逾牆偷入人室女，事覺到官，官出題「逾牆摟處子詩」面試。士人秉筆云：「花柳平生債，風流一段愁。逾牆乘興下，處子有心摟。謝砌應潛越，韓香許暗偷，有情還愛欲，無語強嬌羞。不負秦樓約，安知漢獄囚？玉顏麗如此，何用讀書求？」官大賞，判女許配。

△今日重九，姐帶三孩到佘山（松江）去登高，聯阿娘全家來吃午酒祝壽。天氣晴明。我吃「蜂乳」，身體增健。現在九點鐘，我已在喝酒。

△**玉**人何處教吹簫　**君**王醉枕香紅軟　**君**知妾有夫
埋**玉**深深下有人　問**君**能有幾多愁　思**君**如滿月〔註一〕
喚起**玉**人與攀摘　**君**　夢長**君**不知
玉　終日望**君**君不至　**君**
更無人倚**玉**闌杆[8]　**君**　**君**
搖落深知宋**玉**悲　**君**
臉似芙蓉胸似**玉**　**君**

△李叔同先生詩：天末斜陽淡不紅，蝦蟆陵下幾秋風。將軍已死圓圓老，都在書生倦眼中。

△記得某人詠「御溝」，有「此波含帝澤，不宜濯塵纓」[9]之句。其友勸改「波」為「中」。因封建主最忌風波，故應避免。

△**落**花猶似墜樓人　**去**來江口守空船
落　自**去**自來梁上燕
落　**去**
上窮碧**落**下黃泉　**去**
落　**去**
門外無人問**落**花　**去**
胡兒眼淚雙雙**落**　鈿合金釵寄將**去**
來往亭前踏落花　**上**有青冥之高天

註一：原信在此句後附有下句：夜夜減清輝。

春來遍是桃花水　天上麒麟原有種
來　上
自去自來梁上燕　上
來　上
來　白日秦兵天上來
無人知是荔枝來　上

下有綠水之波瀾　明月明年何處看
下　明
下　明
下　柳暗花明又一村
埋玉深深下有人　明
下　明
下　斜倚薰籠坐到明

大風起兮雲飛揚　小
大　小
大　轉教小玉報雙成
大　小
大　夜闌聞喚小紅聲
大　小
來歲金印如斗大　醉鄉廣大人間小

多病所須唯藥物　少小離家老大回
多　年少拋人容易逝[10]
故鄉多少傷心地　少
多　少
近水樓台多得月[11]　少
多　少
多　枝上柳綿吹又少

老去悲秋強自寬　夢
老　夢
詩人老去鶯鶯在（註二）　夢
中庭樹老閱人多　十年無夢得還家
老　夢
老　夢
洛陽才子他鄉老　夢

△有人詠周瑜詩，中有對云：「大帝君臣同骨肉，小喬夫婿是英雄。」佳句也。後改為「大帝誓師江水綠，小喬卸甲晚妝紅。」乏味矣。

△有人生子，請人作詩，限「惡索角」韻。其人詠曰：「昨夜天庭雷雨惡，蛟龍拼斷黃金索，六丁六甲無處尋，卻在君家露頭角。」[12]可謂巧。

註二：原信在此句後附有下句：公子歸來燕燕忙。

△后妃生產，帝命臣詠詩，臣曰：「君王昨夜降金龍。」帝曰：「女也。」臣曰：「化作嫦娥入九重。」帝曰：「死矣。」臣曰：「料是人間留不住。」帝曰：「抛水中矣。」臣曰：「翻身跳入水晶宮。」

△有人命人詠雞冠花，曰：「雞冠本是胭脂染。」曰：「是白雞冠花。」曰：「洗卻胭脂似粉妝，只為五更貪報曉，至今贏得滿頭霜。」

△清朝有一文人名李漁，字笠翁，編《芥子園畫譜》。此乃中國畫的教科書，亦創新也。此人有怪論：「夏天怕熱，有一良法：到日光下立半小時，入室，便涼快矣。冬天怕冷，亦有良法：到西北風中吹半小時，入室，暖和矣。」此頗有理。今人下班歸，覺家中舒適，即此理也。若竟不上班，則家中亦不甚可愛。

△有人到酒店買酒，主人問學徒：「君子之交淡如何？」（君子之交淡如水）學徒答曰：「北方壬癸已調和。」（北方、壬癸，水）買客曰：「有錢不買金生麗。」（金生麗水，玉出昆崗）便到對面酒店去買。主人曰：「對面青山綠更多。」（青山綠水）言酒中沖水也。

△父給五千元與子，命入京應試。子不考，尋花問柳，得病而歸。父檢其行囊，見詩稿，有「比來一病輕於燕，扶上雕鞍馬不知」之句，大為讚賞，曰：「足值五千元。」

廿三晨寫：八・二八命令及「清隊複查深挖階級敵人」號召到後，形勢忽然緊張。原定十日內定案，已延遲。已解放者，皆複查。聽說要弄到明年五月十六。只好耐心等候。

〔一九六九年十月十九—廿三日，上海〕

三九

新枚：

我下鄉勞動，已兩星期，今日結束，後天返上海，休息三天，十七日再來。再來非勞動，是為了備戰，移到鄉下來搞鬥批改。每月放假四天，可回上海家中休息。看來，至少要三個月。我的問題，大約要在鄉下解決了。還有十個人未解放，看來都要在鄉下解決。

我倒覺得此種生活很好。每月回家四天，勞逸結合。戰事如何，不得而知。母不肯到南沈浜雪姑母〔註〕家去，在上海「聽天由命」。阿姐也已下鄉，母與英娥管三個孩子，倒也很好。

我後天回家後，再寫長信給你。

我身體很好，勞動是採棉花，並不吃力。飲食還算好，我自帶醬瓜乳腐〔腐乳〕。

愷

〔一九六九年十一月〕十一日夜床中書

〔上海，港口曹行公社〕

從此地回家，費一小時十餘分。在襄陽公園乘廿六路（七分），到徐家匯；換五十六路，一角就到港口；換龍吳路汽車，一角，即到曹家港；不很遠也。阿姐在奉賢，要遠得多。不知何日返家。

註：雪姑母，豐子愷之妹豐雪珍（一九〇二—一九八三）。南深浜（亦作南沈浜）在浙江省桐鄉市石門鎮鄉下。

暮去朝來顏色故
日**暮**酒醒人已遠
紅樓**暮**雨夢南朝
笙歌日**暮**能留客
朝如青絲**暮**成雪

暮

商女經過江欲**暮**

敬祝毛主席万寿无疆

无产阶级文化大革命，实质上是在社会主义条件下，无产阶级反对资产阶级和一切剥削阶级的政治大革命，是中国共产党及其领导下的广大革命人民群众和国民党反动派长期斗争的继续，是无产阶级和资产阶级阶级斗争的继续。

我校下乡劳动，已两星期，今日结束。后天返上海，休息三天。七日再来。再来非劳动，是为了备战，将到乡下来搞斗批改。每月放假四天，可回上海家中休息。看来，至少要三个月。我们的问题，大约要在乡下解决了。还有七个人未解放，看来都要在乡下解决。

我到这里以后生活很好。每月回家四天，费用俭省。喊声为好，不得而知。母亲曾到南汇海宁姑母家去，在上海"听天由命"。阿妹也已下乡，母亲与姐姐家三个孩子们也很好。我后天回家后，再写长信给你。我身体很好，劳动是摘棉花，并不吃力。饮食还可以。我自带酱菜。

1969年十一月 十一日夜床中书 光堂

5959

（反面也有）

暮去朝来颜色故
日暮酒醒人已远
红楼暮雨萧萧朝
笙歌日暮待留客
朝如青丝暮成雪
暮
商女退过江犹暮

从此地回家，费一小时廿[七分]余分。
坐襄阳公园乘26路，到徐家汇，换86路一角，到港口，换[illegible]龙头的汽车一角，即到曹家港，不很远也。
昨晚坐车慢，寒风很多。不知何时回家。

四〇

新枚：

我大昨（十三）從鄉回家，勞動已結束，假三天，十七再到鄉下，是「較長時期」留鄉搞鬥批改，每月假四天。這辦法也好。鄉間安全，稻草床很舒服，睡眠九小時，只是吃對我不大相宜，大都是肉。我幸而自帶醬瓜乳腐〔腐乳〕，故亦不成問題，每餐吃飯三両。

今天（十五）好毛從娘家來，今宿此間。看她的肚皮，是女孩，我想取名，因男女未定，亦未敢取出。她一定在聯娘家生產，因阿姐已下鄉，此間無人照顧，聯娘家較便。總之，生產是一定安全的，戰事則不可知。上海不大看得出，只見有的地方挖防空洞，但這是聊以自慰而已。母不肯到南沈浜，準備同三孩在此冒險，我也聽她。我在鄉下，倒很安全。

本定十月底定性定案，十一月下鄉，後來號召「清隊複查，進一步深挖階級敵人」。於是，早解放的十餘人進行複查，我們未解放的十二人就凍結了。十二人現已變成十一人，因一人（龐ｘｘ，女）已跳樓自殺。形勢變化不測，我現在已置之度外，聽其自然。總之，服從組織，聽命而已。我想，總有一天搞好鬥批改的。秋天到石家莊，早成泡影，明春是否能實現，也是問題。

看好毛的肚皮，也許是女孩。我取名未定。今天我吃蟹。小明不上託兒所，我在此自得其樂。明天星期〔天〕，後天上午十時到鄉，過廿六天，再回家四天。其間阿姐也可回來四天。寶姐常來看母。好毛説，天津可以放她走，但石家莊是否有單位收容她，不得而知，因此你倆不能團圓。此事你考慮一下，最好把好毛調到石家莊。

在鄉寄你信想〔能〕收到。我想出了：「白帝城高急暮砧。」大概你也想出了。

今天菊文週歲，母做壽桃，華瞻夫婦今下午來，宿此間（好毛宿三樓小房，華瞻夫婦菊文宿三樓大房）。明天鬧熱一天，後天東分西散。

想說的多，拿了筆又寫不出，算了。

父字

〔一九六九年十一月〕十五日下午〔上海〕

四一

新枚：

久不給你信了。我「較長時期」留在鄉下，已十天，再過二週，可回家四天。我眠食都好，身體健康。

「加快鬥批改步伐」，元旦前要全部定案，前天定了三人：王個簃〔註一〕、來楚生〔註二〕（肺病，在家，不下鄉）解放，陸ｘｘ戴地主帽，監督勞動。還有七個人未定案，快了。

母健康，眼也好起來，能寫信。姐亦下鄉，每月四天返家。我同她如參商二星。

「生於患難，死於安樂」[13]，信然。大家都健康。我本來每餐吃二両，現在要吃三両。

此間離滬不遠，一小時餘可到，車費二角七分。

如果炸彈來，此間很安全。母不肯到南沈浜雪姑母家去，留在上海冒險，只得聽她。天晴好，從來不下雨。只是三秋畢後返上海在家時，下了一天雨。鄉下下雨很討厭，天晴甚好。看來不會久留。我無其他願望，唯有「求我所大欲」＝退休家居。大約不久可實現。

石家莊之行，今秋不行，明春又靠不住，明秋一定成功。好毛在聯娘家。因為在我家，

註一：王个簃（一八九七—一九八八），江蘇省海門人。吳昌碩入室弟子。曾任上海畫院副院長、西泠印社副社長等職，上海文史館館員。

註二：來楚生（一九〇三—一九七五），浙江蕭山人，當時為上海中國畫院畫師，上海文史館館員。

夜半生產時無人送院，那邊聯娘與丙姨夫〔註三〕健，妥當。我回家前，大約已生了。我取了許多名字，叫好毛選擇。男的女的都有。樓下的敏華姆媽説，好毛生的是女，如此最好。

鄉下的風，叫做「橄欖風」，兩頭小，中央大，即晨夕小，中午大。「橄欖風」，我對「黃梅雨」，不很妥。唐雲對「芭蕉雨」，太文雅，非俗語，乃詩詞中語。想不出更好的。

此信躺在床上寫，故潦草，你看得清的。

〔一九六九年十一月〕廿七日〔上海，港口〕

全仄詩：

月出斷岸口，影照別舸背。
且獨與婦飲，頗勝俗客對。
月漸入我席，暝色亦稍退。
豈必在秉燭，此景亦可愛。[14]

同韻對：

屋北鹿獨宿，溪西雞齊啼。

理髮店聯：

頻來盡是彈冠客（彈冠相慶）
此去應無搔首人（搔首問青天）

此間宣佈：元旦前定性定案，春節前整黨，明年五月十六（四足年）完全結束。

註三：丙姨夫（一九〇一—一九八五），即沈雨蒼，小名炳生，新枚之姨夫兼岳父。

四二

我受照顧，不下鄉（約一個月），在畫院上班，共七人，皆七十以上者。比到博物館好得多。陽曆年底，大約可以告段落。

市革委很照顧我，不登大報，不下鄉，皆由此云。明春我也許可到石家莊來，阿姊十五日可從鄉回上海。

〔一九六九年十一月〕

四三

新枚：

我五日返家，休息三天，但我患重傷風，故已去信續假三天，須於十二日下鄉。宣佈：二十日至年底之間，全部定案。屆時我再函告你。總之，結束近了。

你來信，地址一點不錯，而郵局退回，不知何故。今我已見到。你以後來信，勿寫「……先生」二字，直書姓名可也。好毛已出院，住聯娘家，傷口未合，不能起身。但此非病，乃自然之事，不久即好全。

我患重傷風，夜間夢話甚多，驚動全室，大家勸我好好就醫。故此次返家，樂得延長幾天。其實，夢話是我習慣，不足為奇的。

元旦左右，必再度放假，那時再寫信給你。

你說把孩子送南沈浜，你以為母到南沈浜去了麼？她不肯去，仍住在此，我認為不去也好。炸彈不一定丟在她頭上。

愷

（一九六九年十二月）七日晨（上海）

四四

新枚：

我二十日（星六）上午由鄉返市，要在畫院上班（博物館已取消），約二星期，過元旦後再下鄉。本定二十日上午在鄉開大會，解決八個人的問題，豈知十九日下午上海發生了大事——文化廣場失火——別的單位連夜返市，只剩我們一個單位，大會就作罷了。我看來，我們要在畫院的二星期中解決。大都無甚問題，總是要解放的，不過拖延而已。

我身體很好，返家後，又吃補藥，母也健康，眼很好，能寫信。阿姐元旦前必返家，可與我見面。上次我返家，請假五六天，共住九天，曾到聯娘家看好毛及新生兒豐羽。他們都很好。上次已函告你了？

天照顧：下鄉後天天晴明，只有一個半天，小雨。我在鄉，吃早飯很好，粥、腐乳等。但午餐夕餐都不好，他們都是肉，我全靠自己帶醬瓜、腐乳。但每餐二三兩飯，並不餓。

唐雲對詩詞頗有理解，他有一次說「功蓋三分國，名成八陣圖。江流石不轉，遺恨失吞吳」，末句的意思是「諸葛亮應該聯吳攻曹操，不應企圖吞吳，故吞吳是失策的，是遺恨」。他說老杜詩用字仔細，故對李白粗枝大葉不滿，有「重與細論文」之句。

我之所大欲，是退休。據說，大家解放後，才可申請。大約不久了。那時我首先到石家莊。

（一九六九年十二月）二十一日上午寫（上海）

四五

新枚：

此信卅一日上午寫。我從鄉下回上海，已兩星期。一月三日又將下鄉。何日再上來，不知（但一定不久）。在滬二星期，每日到畫院上班。大家掘防空洞，我當助手，做些輕便勞動。阿姐假五天，今亦在家，與我已兩月不見。她二日返鄉。家中幸有二老〔註一〕管三小孩。未來之事，變化多端，我也不在心上，聽其自然罷了（但我之所大欲——退休，看來不遠了）。

畫院昨上午批判唐雲……我們還有七人未解放，看來也快了。

好毛奶上生瘡，今日阿姐去看她。母親四四六局〔註二〕，要在元旦為豐羽做滿月。結果請酒作罷，但做了許多壽桃分送親友。

我身體很好，此次回家，又吃了蜂乳。此藥甚佳，我相信它，因此吃了有效。我眠食俱佳，自知保養，勿念。

你提早在十七左右還家，此時我正好從鄉入市，可以見面。

小明很乖。她理智很強，與其母分別，早有思想準備，並不留戀。與我分別亦如此。

我記憶力不好。記得以前在某書看到某散曲中數句甚佳，但第一句想不出了：「ｘｘｘｘ出桐江，柔櫓聲中過富陽。塔影認錢塘，何處是故人門巷。」

我近常默背古詩十九首，這無名氏作品，實在很好，可謂五言詩之鼻祖。但在今日皆屬毒草矣。

オワリ〔完了〕

〔一九六九年十二月三十一日，上海〕

註一：二老，指豐子愷之妻及家中一年老女工。

註二：四四六局，是豐子愷家鄉方言，意即愛複雜化，不肯簡化繁文縟節。

四六

新枚：

我三月廿八出院，今日第三天。睡在陽台上，生活同住院時一樣，十分當心，因體溫還在三十七度二左右也。病假一月，一月後再去門診續假。但即不續假，照例不會再上班了。公事拖延，是意中事。人們都用種種寬大處理的話安慰我，我姑妄聽之，不存幻想。是以心君安泰，指望秋日痊癒，到石家莊看你。

阿姐在鄉，小明全託。我很記念小明，正在設法改為「日託」，夜間回家可同阿英媽〔註一〕睡。華瞻全家在此，雖有時煩亂，鬧熱也令人開心。江南正是「催花時節」。「小樓一夜聽春雨」，正是此時。窗前楊柳初見鵝黃，不知北地春色如何。

小羽很健。前日到醫院看我，晚上睡八小時不吵，真「省債」〔註二〕。但願你們父母子早日團聚。

我每日吸煙四五支。熱未退淨，煙味不很好，不會多吸。

我早飯午飯皆在床裏吃。夜飯熱鬧，叫人扶到北室去吃（房間佈置大變，我原來臥室，北室，是吃飯間）。

我右腿麻木，行步不便，將來到對面去看推拿。阿姐把所有的書都藏好，只有一部《古文觀止》供我消遣，倒也花樣繁多。

我記念好毛。此信你便中寄給她，我不另寫給她了。

愷

〔一九七〇年〕三月卅日上午於床上〔上海〕

註一：阿英媽，新來的保姆。

註二：省債，豐子愷家鄉方言，意即爽脆，不給人家添麻煩。

舊時城隍廟對聯：
百善孝為先，論心不論事。論事天下無孝子。
萬惡淫為首，論事不論心。論心天下無完人。
為惡必滅，若有不滅，祖宗之餘德。德盡必滅。
為善必昌，若有不昌，祖宗之餘殃。殃盡必昌。
（命定論）

四七

新枚：
今日是我回家第六天（四月二日），日見好轉。唯體溫仍在三十七度二左右。
昨上午有二青年來，態度異常客氣（母稱他們為「好人」）。他們持畫院介紹書，來調查抄家情況。我與母將幾次抄家情況如實答覆。他們記錄了，給我看過，然後叫我簽字，然後辭去，連稱「打擾」，所以母稱他們為「好人」。此事不知說明甚麼？大約調查抄家物資貪污問題，或者是要發還抄家物資？不得而知了。
我回家後仍是終日臥床。近二天，夜飯起身到食室去吃，華瞻夫婦都回來，熱鬧些。阿姐常在鄉，小明全託。……
昨夜夢「新豐老翁」〔註〕，他折臂，我傷腿，頗相似。他對我說：「我是『新豐』，你是

註：新豐老翁，唐詩人白居易《新豐折臂翁》詩中人物。

『老豐』，我們大家活過八十八吧。」我臥床看字帖消遣，難得看書。

〔一九七〇年〕四月二日上午〔上海〕　愷

你「單車載酒遊保定」的計劃，很可喜。但願早日實現。江南春色正好，窗中綠柳才黃半未勻。但遙想北國春光，也必另有好處。

四八

新枚：

納蘭詞甚好，另紙寫寄。人言此人是賈寶玉的MODEL〔模特兒〕。我病不增不減，每日在三十七度二左右，醫言不久可退，大約春末可癒。公事無消息，傳聞不久全部定案。總之，聽其拖延，總會解決，不必心焦也。

每日臥床，一似醫院，唯夜飯扶起到北室吃，那時華瞻夫婦皆歸，家中鬧熱些。阿姐常在鄉，小明全託，每星六由寶姐領去，星一送回，昨來看我，比前老練，體重增加了。我預想：秋間到石家莊，南穎不便同來（要上學），小明也許可以同來，她已近於大小孩了。餘後述。

愷

〔一九七〇年〕清明後一日〔四月六日〕晨〔上海〕

四九

新枚：

我病如常。體溫常在三十七度一至三十七度四之間，飲食皆在床裏。以閒想及看字帖為消遣。前日梅青〔註〕抱小羽來給我看，很胖，見我便笑，但據說見別的陌生人常要哭。大約血統有感應。

昨朱幼蘭之子顯因來，言朱被判地主，抄家三四次，被痛打，但昨已解放，依舊上班當職員。近各單位抓緊定案工作，四月底左右必須全部解決，他說我無疑地是「一批二養」。又言前日《文匯報》某文中提及「作協主席巴金，音協主席賀綠汀，美協主席ｘｘｘ」，不提我名，顯然分別看待，但不知有何作用。

嵌字之詩句，宜少作。我們是遊戲，被人誤解為「隱語」，何苦。但我還是不能忘情，有時要搜索「一、二、三……十」開頭的詩句，甚多。「一枝穠豔露凝香……十三學得琵琶成。」可集幾套。你信上「謝」字第三、第七，我與華瞻皆想不出。

我集兩句日本文：

アナタガアタマハハナハダアタタカッタ。（你的頭很熱了。）

コノオトコノコドモノオトオト，コヨ！（這男孩子的兄弟，來吧！）

只有ア段、オ段可能，其他三段不可能成句。

希望秋來能帶小羽及小明到石家莊。

愷

〔一九七〇年〕四月十日上午〔上海〕

註：梅青，當時在聯阿娘家管豐羽的女青年。

五〇

蓮漏正迢迢，涼館燈挑。畫屏秋冷一支簫。真個曲終人不見，月轉花梢。

何處暮砧敲，黯黯魂銷。斷腸詩句可憐宵，欲向枕根尋舊夢，夢也無聊。[15]

（《夜雨秋燈錄》所載？）

新枚：

家中平安無事，我病稍見好轉，今日三十六度九，但依舊全日臥床，吃粥及麵。有時喝威士忌一小杯，香煙日吃七八支耳。阿姐說廿五日返家，住四五日。小羽很健康，勿念。

愷字

（一九七〇年）四月十九日下午（上海）

小明還是全託，昨（星期六）接出來，在此逗留一二小時，由寶姐接去，星一再送託兒所。這託兒所甚好，管得周到，小兒很壯健。

葉浮嫩綠：古有「綠蟻新醅酒」，據說酒上有綠色物浮起，形似蟻。此四字大約指此。

母眼只「四分之一」，聽起來可怕，其實不然。眼這東西，只要有一點看見，就可寫字。她不是常寫信給你麼。曹辛漢〔註〕的眼，就是這樣，能寫細字。

註：曹辛漢（一八九二—一九七三），豐子愷的同鄉，一生從教四十餘年。

五一

新枚：

Allan Poe〔註一〕的短篇小說，大都沒看頭，但其中"Goldbug"（《金色甲蟲》）一篇中有一個英文字謎，倒很有趣。現在我仿造一個，見下面。你能推算出這是怎樣一段文章嗎？（恐你難解，略告一點：英文中最多用的是E字。）〔註二〕

我病如舊，終日臥床，但熱度有時稍退。大約再過一二個月，可以見癒。阿姐仍在鄉，明日可返家住四五天。小明全託，今天接回來，身體很壯健了。小羽近日傷風。這裏的菊文也傷風，是氣候關係，不妨。

〔一九七〇年四月〕廿四上午〔上海〕

註一：Allan Poe，即愛倫·坡（一八〇九—一八四九），美國作家，文藝批評家。

註二：這是一種文字遊戲，它利用英文中字母e出現率最高、冠詞the出現次數最多的特點，使人一一猜出每個符號所代表的字母，從而猜出整段文字來。

五二

新枚：

昨寄一信（英文字謎）想先收到。寄出後即得你信，覆如下：(1)第二個字是「眠」字的，想不出。(2)寶姐十元，等我到石家莊來買物吃。(3)我病假即日去續假，藥有一月之糧，熱度還在三十七以上，續假無問題。(4)我隔日大便，上一日吃大黃，不用開塞露，效果很好。(5)溫度錶水銀有毒，我知道，決不會咬破。(6)前信只談竇叔向，未談劉克莊〔註〕，你做夢吧？此外由阿姐寫。

愷

〔一九七〇年四月〕廿六午〔上海〕

註：竇叔向，中唐詩人；劉克莊，南宋詞人。

五三

新枚：

讚美《葬花詩》的信，今日（五月七）收到。此詩模仿張若虛《春江花月夜》。我依舊日夜臥床，三餐也在床上吃。曾喝一次酒，黃酒半斤，晚上幾乎嘔吐，從此不再喝了。煙每日吸十支左右。可見身體尚未復健。「能幾番遊？看花又是明年」，確是佳句。上面的「接葉巢鶯，平波卷絮，斷橋斜日歸船」，也引人同感，但以下「東風且伴薔薇住……」便遜色了。

「天時不如地利，地利不如人和。」你的屋房東好，確是難得。暫不遷居可也。唯你們夫妻分居兩地，終非久計。不知何日可以團聚。

母言，灰色布她並不需要，不必寄來。但此信到時，也許你已寄出。我近來已慣於寂寞，回想往事，海闊天空，聊以解悶。窗前柳色青青，反映於玻璃窗中，珊珊可愛。華瞻夫婦早出晚歸。小明全託，星六回家。阿姐在鄉，不知何日畢業。我右腿麻木，是「坐骨神經痛」。服藥與肺病衝突，等肺好後去看推拿。

愷字

〔一九七〇年〕五月七日下午〔上海〕

「退一步海闊天空」真乃至理名言。有不如意時，設想更壞的，便可自慰。不滿現狀而懊恨，徒自苦耳。比方說：我犯重罪，入了囹圄；或者我患癌病，不死不活，此時倘能變成今日的狀態，真乃大幸了。如此一想，可以安眠閒夢了。

日本人也有漢詩佳句：「月暗小西湖畔路，夜花深處一燈歸。」此似姜白石「芙蓉影暗三更後，臥聽鄰娃笑語歸」。近讀《調笑轉踏》，中有佳句：「花雖無語鶯能語，來道曾逢郎否？」「幾番欲奏陽關曲，淚濕春風眼尾長。」「良人少有平戎膽，歸路光生弓劍。」[16]

五四

新枚：

久不得信，甚念。此信五．一六發。

今日到結核防治所看病，又給藥一月之糧，病假兩個月，説兩個月後再去看。如此，我可安心休養到七月十六日再去看，那時想來都已好了。寶姐陪我去的。

今日午睡後，聯阿娘同小羽來，我畫了像（附信內）留紀念。大家説此孩特別壯大，額部像父，口鼻像母。

我臥此床已一個月半。現在能以足音辨人：母親空手進來，或抱菊文進來，或送飯進來，都辨得出。

今日醫院中掛號的、醫生、透視的，都知道我，和我講許多話，並關懷我，且詳知情況。真奇。

此信發後，大約就會收到你信。

愷字

〔一九七〇年〕五月十六下午〔上海〕

五五

新枚：

我病漸癒，好幾天降至三十六度八。病假到七月十六日止，秋姐言，共有六個月了。病六個月，即可作「長病假」論，即等於退休了。秋姐又言，我屬中央，定案要由北京，故較遲。較遲即較正確，較寬。姑妄聽之。我現在且不計較這些，但求安居。今年這春天如此過去，多可喜，亦多可悲。喜者，不須奔走，悲者，寂寞也。華瞻夫婦早出晚歸。華瞻言，周谷城由主席指定為全國人代。此間未定案者尚多，但拖延亦不會太久了。

臥床寂寞時，亂翻字典，學得許多詞：

葱（ネギ）　蒜（ヒル）　韭（ニラ）　鎌切（カマキリ）（螳螂）　嘔吐（エズク）……

前日寄出小羽畫像，想已收到。華瞻家的菊文在此，吵得厲害。幸陽台玻璃門可關，不曾使我受累……記得南穎、小明等小時，並不如此，你小時亦不然。但望小羽也不然。

記得古人有全仄詩：「月出斷岸口，影照別舸背。且獨與婦飲，頗勝俗客對。月漸入我席，暝色亦稍退。豈必在秉燭，此景亦可愛。」[17] 我想到陶淵明「但恨在世時，飲酒不得足。」其中唯「時」字平聲，餘皆仄聲，但讀之很自然。可見平仄是一種羈絆，律詩以下都欠自然也。

我上次吃了半斤黃酒，以致エズク〔嘔吐〕之後，不再吃酒。想吃酒，才真病好了。煙日吃十支左右。有輕微肺氣腫，禁煙。但不能自制，且圖快適。

華瞻有日文信給你，你無覆，他在盼望。

愷字

（一九七〇年）五月廿三晨（上海）

五六

新枚：

談《紅樓夢》的信今收到。你修養功夫真好，已心理準備我今秋不到石家莊，我實比你熱心，只要可能，我總想今秋到石家莊。且照我預感，一定可實現，萬一不能，我要叫你同好毛請事假來滬，扣工資由我出錢。我近日病狀漸好。飲食很豐富，休息兩月後，定有起色。在床中無聊，常翻日本詞典。也想看《紅樓》，又怕賠眼淚。

愷字

（一九七〇年，約五月）廿五夜（上海）

菱（ヒシ）　虱（シラミ）　助兵衛（スケベエ）（登徒子）

五七

我體溫日退，漸見好轉，勿念。

來信所推薦中藥方，異日去看沈醫生時請他品定，暫勿服。

你記念我煙酒事，我現已極力減煙，酒則絕對不喝。阿姐前日上來，假五天再下鄉。

口字加兩筆，共有三十個字，你想想看。

愷

〔一九七〇年〕五月卅一日〔上海〕

今日小羽來，他的頭比菊文大，他叫你叫「恩狗」，豈模仿中學生叫老師叫姓名乎？

蒜(ヒル)＝大蒜(ニンニク)　杏仁(アンニン)（與石門白同）

五八

想到就寫些，有便寄給你。

我生病，是因禍得福。天天吃雞湯牛奶，以及好菜蔬（雞、魚、蛋、火腿、乾貝）。如果不生病，決不會吃這些。酒不喝，省的錢正好買菜蔬。

華瞻今天下鄉了，三星期回來。阿姐來了五天，今晨又去了。現在只有一個志蓉是壯丁。她六點多回來，總是買許多食物來。南穎也會替我買物，只是自得其樂，有時只管玩要，飯也不吃。阿施〔註一〕每日上午來半天。

Red Chamber〔《紅樓夢》〕，很可解悶。我桌上的PAS及雷米豐，倘能送給黛玉吃了，曹雪芹這部書的結尾就要改換面目。

阿姐等猜量，六月內或七月初，會解放我。我不急，遲早總要定案。上月去看病，掛號的、看病的、透視的，都知道我，和我談了許多看病以外的話，很好笑的。尤其是那掛號的，知道我很詳細，並替我打算今後生活。

阿英媽很好〔註二〕，此人識字，會燒菜，比英娥燒得好。她對我家也十分滿意，她說有兩件好處：一是她獨自佔一房間（三樓小間），二是洋機可以任她使用。她有一天對母說：她到老當家（即她以前的主人）家去，他們都知道我的姓名，連他家來的客人也都知道我，真奇怪。

三樓有一冊《世界文藝辭典．東洋篇》（日文），內有我的傳記，寫得很正確，連母的姓名也載在內。現此書華瞻拿去看了，日後寄給你看。

口字加二筆，共有三十三個字，非止三十字，你想得出否？

我回想過去，頗覺奇怪。二月二日早晨，我病明明是全身抽筋，是神經痛發作。為甚麼你和阿姐、好毛會帶我去看肺病，而且果然驗出嚴重的肺病來。秋姐很難得來，當天晚上會來苦勸我住院。凡此種種，好像都有鬼神指使的，可謂奇蹟。

賴有上述奇蹟，使我擺脫了奔走上班之勞。假定不病，即使解放了，到現在還要奔走（賀天健是其例）。到七月十六止，我已病半年，半年即為「長病假」，永不再上班了。近日，猜想畫院的人也下鄉「三夏」了，我倘不病，也要參加。

註一：阿施，家中的鐘點女傭。

註二：阿英媽，新來的女工，初到時很好。

近每日早上五時半起來，大便後即坐在窗口洗面、吃粥、臨帖。直到八時，吃了藥，睡覺。睡到九時半起來吃牛奶，在床上看書寫信，直到正午，在床上吃午飯、睡覺，三時起來，再看書休息，六時吃粥，黃昏閒談，八時半就寢，舊夢甚多。——每天刻板似的，預感七月會好全，腿病亦漸癒，能獨自步行，但不能持久，日後一定痊癒。

小羽的照片很好，附給你，另一寄好毛。

〔一九七〇年六月〕四日寫〔上海〕

蜥蜴（トカゲ）（此物常在門背後，故曰トカゲ）

若干（ソコバク） 補（オギナ）フ 欺（アザム）ク 贖（アガナ）フ 貪（ムサボ）ル

鞦韆（ブランコ）（秋千） 往生（オウジョウ）（縊死）

舊信看後毀棄，不可保留。

五九

聽人說：（近事）某家三歲孩，住樓上，將搓板（洗衣用的）一塊從樓窗中推下，正好落在樓下人家三歲小孩頭上，死了。樓下主人上樓將樓上三歲小孩打死。——此事法律如何裁判？漢高祖約法三章「殺人者死，傷人及盜抵罪」實太簡單，對此案即難應付。我想，樓上主人應有罪（任孩推板下窗），樓下主人則係「故殺」，罪較大，但「一命抵一命」，亦有其理由，甚難判決也。

排律聯句，很有趣味，但須富有詩才。例如第一人「垂柳覆金堤」，第二人「靡蕪葉復齊（承上）。水溢芙蓉沼（啟下）」，第三人「花飛芍藥溪。採桑秦氏女」，第四人「織錦竇家妻。關山別蕩子」，第五人「風月守空閨。恒斂千金笑」，第六人「長隨玉筋啼。盤龍隨鏡隱」，第七人「彩鳳逐幃低」……[18]《紅樓夢》中那些小姑娘都會聯句。個個是曹雪芹也。

記得宋時有「元祐黨人」案，蘇東坡、秦少游、黃庭堅等都被定為「奸黨」，僱工人刻「奸黨碑」，工人不肯。我記不清楚是怎麼一回事。

〔一九七〇年六月十日左右，上海〕

六〇

想到就寫：

前日寶姐替我送痰去驗，回說「活動性」，即「開放性」，要傳染的。於是家人大家去打預防針。結果小明抵抗力最強，其餘都有傳染可能，須打針。我本已沒有參與人群的資格，如今又屬開放性，更是「隔斷紅塵」了。近日體溫照舊在三十七左右，不想喝酒，看來還得二三個月方可下床。阿姐當年患此病，原是半年多才下床的，何況她年輕。但我身體其他部份皆健好，常吃雞湯，胃口不壞。大便恢復正常，每晨一次。你勸我吃鹽湯，我沒有吃，因日食大黃，不須再〔食〕鹽湯了。蘋果也難得吃，一則貨少，二則我不愛吃，香蕉天天吃。

華瞻下鄉了，再過一週上來，擔任招考事，可以不再下鄉了。阿姐變成「積極分子」。前天開會上來，住了三天。小明天天回家。明天又下鄉了，再過十餘天，又有例假四五天了。

早上起坐，寫碑帖約一小時。想起，你對此道缺乏練習，所以現在寫的字不好看，不及華瞻、阿姐（阿姐遠不如華瞻）。以後有空，練練毛筆字看：臨帖，先臨楷書，王右軍、柳公權都好。次臨北魏碑、章草。見面時再教給你。

阿英媽去領工資，聽説畫院的人都下鄉「三夏」了。那八十八歲的朱姓〔註一〕的也去，我很同情他。去冬他被上（因屋漏）落了許多雪，我睡的地方好些，枕邊略有些雪。

我足疾好些，大便可以自己去，扶牆摸壁。這是神經痛。二月二日病發時，原是此病，不知你們為何拖我去看肺病，現在回想很奇怪。

好毛神經衰弱，失眠，我看都是想念夫、子之故，安得早日定局，讓你們團聚了。聯娘説，超英的案子，月內可望解決。邵遠貞前日來滬，擬等超出來後，帶二孩北歸，聯巴不得如此，因阿霜不能入學，在家很吵〔註二〕。

口字加兩筆，共有三十八個字。長的、扁的都可（例如「目」、「四」）。

註一：朱姓，指朱屺瞻（一八九二—一九九六），江蘇太倉人。八歲起臨摹古畫，中年時兩次東渡日本學習油畫，五十年代後主攻中國畫。歷任上海藝術專科學校教授等職。

註二：超英，聯阿娘之子沈超英，生於一九二九年，退休前任國家農機部高級工程師（離休幹部），「文革」中亦蒙不白之冤。邵遠征（非貞）為其妻，阿霜為其子。

蚌（ハマグリ）　蝸牛（カタツムリ）　蚯蚓（ミミズ）　損（ソコ）ナウ（四）　養（ヤシナ）ウ（四）　鉛（ナマリ）

我不想吃酒，足見體溫未復正常。本來可以「掩重門淺醉閒眠」，今只能「冥想閒眠」。冥想常入非非，有時回想過去，有許多事深悔做錯了，但無法更正。此亦可以勉勵今後，勿再做後悔之事。例如說，當年我花了七八千元（合今三萬餘）造緣緣堂，實在多事。還有，解放前夕，我頂進閘北漢興里房子（十三根小金條），不久以十根小金條頂出，也是多事。但五四年頂進這屋（出六千元），並不後悔。現在只差煤氣在樓下，不方便，倘能把煤氣改裝在樓上，十全了。朱幼蘭正替我設法。但我也並不十分盼望，因為以後住處未定。要看人事而定。

王介甫勢盛時，有人（東坡？）作詩：「亂條猶未變初黃，欹得東風勢便狂。[19]解把飛花蒙日月，不知天地有清霜。」諷得甚好。後來王罷相，微行返鄉，暮宿一農家，有老嫗呼豬：「王安石！王安石！」蓋其人家破人亡，皆害在王手裏。恨極，以其名呼豬。

母眼還好，能縫紉，杭州寄來丸藥，頗有效云。

再過三天，叫阿英媽去取藥。再過一個月，七月十六，再去看病。算來已費了國家好幾百元的醫藥費，這不可不感謝毛主席，祝他萬壽無疆。

在重慶時，馬一浮先生送我一詩：「紅是櫻桃綠是蕉，畫中景物未全凋。清和四月巴山路，定有行人憶六橋。」他回杭時住六橋蔣莊。可惜遲死了一二年，被逐出，到城中促居。在文革前死了，落得乾淨。

平生記得，關於吃酒，有兩人最有趣：其一，你出世前一二年，抗戰初，我家逃難到桐廬鄉下，租屋而住，鄰人盛寶函老人坐在一圓凳上，見我來了，揭開凳蓋，取出熱酒（用棉花裏好，常溫）及花生，與我對酌；其二，西湖上（你八九歲時）有人釣蝦，釣得三四隻，拿到岳墳小酒店中，放在燙酒爐中煮熟了，討些醬油，叫兩碗酒，吃得津津有味。

居杭州時（你八九歲）客堂中掛一小聯，用東坡句：「酒賤常愁客少，月明都被雲妨。」[20] 那時每月到樓外樓「家宴」，必請一外客，鄭曉滄〔註三〕、蘇步青〔註四〕、易昭雪〔註五〕等。樓外樓老闆要我寫額，我寫古人句「湖光都欲上樓來」。此額解放後仍保存，但把老闆之名割去，現在一定廢棄了，作者、寫者都是放毒呀。

歲晚命運惡，病肺又病足。日方臥病榻，食麵或食粥。切勿訴苦悶，寂寞便是福（全仄）。

（一九七〇年六月約十六日，上海）

註三：鄭曉滄（一八九二—一九七九），豐子愷浙江省立第一師範學校的同學，教育學家，曾任中央大學教育學院院長等職。

註四：蘇步青（一九〇二—二〇〇三），數學家，曾任浙江大學數學系主任、復旦大學校長等職，豐子愷之好友。

註五：易昭雪，牙醫，豐子愷一九四七年所作的《口中剿匪記》中曾提及。

六一

隨記隨寄

△自來詠柳絮多悲傷，獨薛寶釵樂觀：「白玉堂前春解舞，東風卷得均勻，蜂團蝶陣亂紛紛。幾曾隨逝水，豈必委芳塵？萬縷千絲終不改，任他隨聚隨分，韶華休笑本無根。好風憑藉力，送我上青雲。」

△「一夜瀟瀟雨，高樓怯曉寒，桃花零落否，呼婢捲簾看。」「紅豔幾枝斜[21]，春深道韞家，枝枝都看遍，原少並頭花。」前者厚，後者薄。時代精神表現。

△傳說：東坡臉長，小妹譏之曰：「去年一滴相思淚，今日才流到嘴邊。」小妹額凸，東坡還譏之曰：「未出房前三步路，額頭已到畫堂前。」……

……

△憶昔曾見一詞，不知誰作：「憶昔來時雙髻小，如今雲鬟堆鴉，綠窗冉冉度年華，秋波嬌殢酒，春筍慣分茶。居士近來心緒懶，不堪倦眼看花[22]，畫堂明月隔天涯。春風吹柳絮，知是落誰家。」大約是將嫁其婢。

△上次所記近日殺孩事故，昨據寶姐傳述，更為詳細：樓上三歲孩將凳子從樓窗中推下，打死樓下三歲孩子，樓下母要殺樓上孩子，樓上父母哀求：將來你再生一孩，一切費用歸我們負擔，直到三歲為止。樓下母不允，必欲殺孩。樓上父母將孩送託兒所，全託，並叮囑託兒所阿姨：非親母來勿讓別人領去。樓下母冒充親母去領出來，將己孩之骨灰放在地上，叫此孩繞骨灰爬三匝，然後將孩打死。託兒所阿姨因此自殺。——這事故竟像奇離的故事。

△今（六月十八）畫院老孫來，要填表格（是普通履歷籍貫等），不知何意。據說，畫院「三夏」下鄉已於前日上來，七十以上的幾人不去，這顯然是託我的福，防恐再有人病倒。

△「淡妝多態[23]，更的的、頻回眄睞……」「銷減芳容，端的為郎煩惱……」此二詞過分風流旖旎，讀之令人肉麻。

△聯娘說：好毛想把小羽接到天津，我很贊善。本單位有託兒所，甚好。好毛勿會管，也應練習練習。我相信託兒所生活好，雖生活趣味枯燥（睡起有定時，飲食有定量），但對身體健康有益，小明便是一證例。她近來全託（星六由寶姐接去過兩夜），身體胖健，前日因我肺病要傳染，大家去打針，結果小明抵抗力最強。

（一九七〇年六月十八日，上海）

六二

隨記隨寄（勿當眾拆看，無人時或回家後看，▲待覆）

△西園公子名無忌，南國佳人字莫愁。

此日六軍同駐馬，當時七夕笑牽牛。巧對

△蓮漏三更燭半條，杏花微雨濕鮫綃，便無離恨也魂銷。[24]

春色已看濃似酒，歸期安得信如潮，離魂入夜倩誰招？

（不知何人所作。）（兩離字不快。）

△兔（ウサギ）よ兔！御前（オマエ）の耳（ミミ）は何故（ナゼ）如此（ソンナ）に長（ナガ）い、枇杷（ビワ）の葉（ハ）を食（タ）べてそれで耳（ミミ）が長（ナガ）い。〔註一〕（日本童謠）

△酌一卮，須教玉笛吹……繁紅一夜經風雨，是空枝。

△春日遊，杏花吹滿頭。陌上誰家年少、足風流，妾擬將身嫁與，一生休。縱被無情誤[25]、不能羞。

胡桃（クルミ）反古（ホグ）（廢紙）　御玉杓子（オタマジャクシ）（蝌蚪）

△無事此靜坐，一日抵兩日，便活八十五，可作一百七[26]。（東坡）（除第一字外，皆仄聲）

△滑稽談：「板側尿流急，坑深糞落遲。有盛唐音。」因想起紐約的摩天樓（skyscraper）一百幾十層上的抽水馬桶，真如「糞落遲」也。

△綠窗明月在，青史古人空。——黛玉房中聯，好。

註一：日文，意即：兔子啊兔子，你的耳朵為甚麼這樣長，吃了枇杷的葉子，所以耳朵長了。

△篋有吳箋三百個，擬將細事說春愁。[27]

只恐雙溪舴艋舟，載不動許多愁。——用巧妙的方法來形容春愁之多。

△漢第五倫（複姓「第五」）言：兄子病重，一夜起身往視兩次，歸來照舊熟睡；自己之子病重，一夜並不起身去看，但終夜不能入睡。

△寶玉，大體是個 Platonic love（精神戀愛）（日譯為「純潔的戀愛」）者，書中敍述肉體關係極少，主要是欣賞女性品貌，日本《源氏物語》中那個主角「源氏」同他相反（但並無猥褻的描寫，不過專講源氏姦情耳）。《源氏物語》其實不足取。只因一則是千年前（一〇〇六）的書，是世界最早的長篇小說，二則文字古雅似《論語》《檀弓》，故為日本人崇奉為寶典。我於文革前譯完。

△談王安石、商鞅之信，今（廿五）收到，已轉告你丈人：你同意將小羽遷津。又轉告寶姐長信收到。華瞻昨夜冒雨自杭歸，說滿娘健康，但小華吵得不成樣子，滿娘為了他，不能到上海。你此次信殼上之字，很好！好像不是你寫的。

△你信上說「牽起八隻腳」，此石門白不通，應是「牽起八搭」[註二]「懸空八隻腳」。

△昔遊江西，於南昌見一亭，聯曰：「楓葉荻花秋瑟瑟，閒雲潭影日悠悠。」皆本地風光，好極。

△曼殊言「思君令人老」，譯作"To think of you makes me old"，乃天造地設。我想，此種詩句並不少。「誰能為此曲」，"Who can sing this song?"「人閒桂花落，夜靜春山空」等，皆便於英譯。

……

▲我病日趨好轉，體溫難得幾天三十六度六，可見漸漸降低。腿上風痛亦漸癒，能扶牆

註二：「牽起八搭」，豐子愷家鄉土話，意即：多動，多事。

摸壁自上廁所。終日臥床，頗感寂寞（此乃好轉之兆），全靠看書，Red Chamber（《紅樓夢》）今看完。正在找All Men Are Brothers（《水滸傳》），尚無着，你有否？滿娘也想要看，託華瞻借。

△華瞻從杭來，言鄭曉滄先生最近解放，定為「歷史反革命」〔註三〕云。他不是「重點」，故較早。上海幾個「重點」（我是其一）皆未定，阿姐言不久可定，聽之。

△我寫給你的，恐有重複？蓋有時想想，有時寫寫，以寫為想，以想為寫，所謂想入非非也。

……

△記得《水滸》結尾一詩，末二句是「夜寒薄醉搖柔翰，語不驚人也便休。」很好。

△某古人《浣溪沙》末句「當時只道是尋常」。我仿製一曲：「春去秋來歲月忙，白雲蒼狗總難忘，追思往事惜流光。樓下群童開電視，樓頭親友打麻將（從俗音），當時只道是尋常。」你讀之當有切身感。

△剛才（六月二十七日下午三時）聯娘來，談及小羽，言近日發燒，三十八度，又討論遷津事，聯娘表示困難，説到天津後送託兒所，但晚上總要好毛管，她吃不消。她平日七時半上班，總要七點十分才肯起身，怎麼送小羽入託兒所呢？況且晚上還要吵。又説天津有一個某人，是寡婦，可託她管。此法或可考慮。總之，一個「難」字。我起初主張送津，至此沒得話説，你看如何？

〔一九七〇年〕六月廿八晨封〔上海〕

△有士人為人看文章，跌傷手骨，又患眼疾，作「四書」縮腳句詩云：「拋卻刑於寡

註三：當然是「文革」中的誣陷不實之詞。

（妻），來看未喪斯（文），既折援之以（手），又傷請問其（目），且過子遊子（夏），棄甲曳兵而（走）。」妙在押韻。

六三

與寶姐書昨看過，你那三首詩亦自有致，但比我的晦澀，不易詳出，但都詳出了。我近又作四首，附此信內。

信中所述ロマンス〔浪漫故事〕，頗罕有，女的懷孕，將來如何嫁人呢？每月十元，終非辦法。

胡治均〔註一〕借與我《水滸》、《儒林外史》。《水滸》已看完，轉寄滿娘。現正看《儒林》，不及前者有趣。聽說你有《二十年目睹之怪現狀》？如有，將來寄給我看，須掛號。好毛要到石，甚好。調工作地點事，能進行否？念念。你會配鑰匙，倒也稀奇。

南穎近熱心於游泳，華瞻編英語教科書，免下鄉。寶姐編法文字典，亦免下鄉。志蓉前日起宿校中，搞「三反一鎮」運動，聽說約需三星期。

到處樹上灑藥水殺蟲，蟬亦受毒，叫聲異常，「吱——吱——」，不似本來的「知了——知了——」。

阿姐下星期六返家，聽說即將畢業〔註二〕派工作。大都派去「戰高溫」，即入工廠。但她是編外，恐輪不着。

小明還是「全託」，每星六到此二三小時，即由寶姐領去度星期日。她們也游泳。此孩愛活動，全託並不依戀家庭〔註三〕。我倒可憐她，恐係多事。小羽發燒已好全。

〔一九七〇年七月三日，上海〕

註一：胡治均（一九二一—二〇〇七），豐子愷私淑弟子。
註二：指「五七幹校」畢業。
註三：其實送去時常哭，但瞞着外公。

与宝姉書皆看過、你那三首詩并自有跋、
但比較的晦澀，不易譯出，但都譯出了、都送又総
四首婦女作品。
信中所述ロマンス，娘四子有、女的怀孕，将来如何
端倪了，每月十元，经非无法、
胡伦的借与我祖阵，儒林外史、孙阵已看完，诗哥
满振，现正看儒林，不及前者有趣、所说你有了二
十年目睹怪现状了，书看，将来寄给我看、信挂号，
将毛笔引石，甚好、调工作地点事，能进行否？念念、
你會跳舞吧，倒也希奇、
南线运抵以子队、李晓阁其语教科书，免下卿，
宝姉写信文词典，要免下乡，去替前日起宿校中，
搞三反一镇运动，所说约需三星期。
到處树上满着的杀虫，蠨蛸亦受毒，以为異常，
「吱——吱——」，不似本来的「知了——知了——」
阿娟下星期到这家，所住为将毕业派工作、大都派
去「敢高区」，为人工厂、但地是鄉外，为福不高、
小姐还是「全托」，每星六到此二三小时，即由宝姉领去度星
期日，她们也游玩、此殊爱活动，全托并不依恋家庭。孙衡
母亲她，悲像多事，中国农是已不一三、

六四

隨記隨寄　▲待覆

……

△有塾師批閱文章，批語：「兩個黃鸝鳴翠柳，一行白鷺上青天。」意思是：不知説些甚麼，愈説愈遠了。一學生亂用「而」字，批曰：「當而而不而，而不當而而而。」

△「憶昔見時都不語，如今偷悔更生疏。」[28]——不知哪裏來的兩句。

△《牡丹亭．遊園》中句：「原來姹紫嫣紅開遍，似這般都付與斷井頹垣，如花美眷，似水流年。良辰美景奈何天，賞心樂事誰家院……煙波畫船，雨絲風片[29]，錦屏人忒看得這韶光賤……蘭湯新浴罷[30]，晚妝殘，深院黃昏懶去眠。」此種文章，真可謂「文人珠玉」。

△「當路遊絲縈醉客，隔花啼鳥喚行人。日斜歸去奈何春。」歐陽修？

△有士人作詩：「舍弟江南歿，家兄塞北亡。」見者曰：「君家慘禍，一至於此！」曰：「否，取其對仗工整耳。」曰：「何不曰，愛妾眠僧舍，嬌妻宿道房？猶得保全骨肉。」

蒲公英（タンポポ）　上戸（ジョウゴ）（漏斗）　盜ム（ヌス）

……

△粵妓張八作《重頭菩薩蠻》：「今宵屋掛前宵月，前年鏡入今年髮[31]，芳心不共芳時歇。草色洞庭南，送君花滿潭，別花君豈堪。綺窗臨水岸，有鳥當窗喚，水上春帆亂。遊蝶化行衣，行人遊未歸，蓬飛魂更飛。」

蜂交則黃落，蝶交則粉落。故曰「蜂黃蝶粉同零落」，言春暮也。「遊蝶化行衣」本此。

△無事，做謎給兒童猜。寫二三個在下給你猜。

○一個姑娘大肚子，頭上兩個小辮子，一天到晚在馬路上兜圈子。打一物。

○一百個囡囡共一床，一個一個拖出來打。打一物。

○一個毛蟲真稀奇，天天爬到嘴巴裏。打一物。

△今（七．四）畫院老孫送來照片數冊（未全）及毛筆許多，是從前抄去的，今天還我，不知何意。

△阿姐今上午回家，收了照片，小明的大多數無恙。

▲華瞻幾次提起，給你日文信，希望你改，你至今不覆。你覆他吧。

△不喜秦淮水，生憎江上船。載兒夫婿去，經歲又經年。莫作江上舟，莫作江上月。舟載人別離，月照人離別。嫁得瞿塘賈，朝朝誤妾期，早知潮有信，嫁與弄潮兒。春日遊，杏花吹滿頭。陌上誰家年少、足風流。妾擬將身嫁與，一生休，縱被無情誤[32]、不能羞。

此種詩詞有一共通點：不喜、莫作、嫁與，皆斬釘截鐵之語。

〔一九七〇年七月四日，上海〕

六五

隨記隨寄

△江南二月花抬價，有多少遊童陌上，春衫細馬。十里香車紅袖小，宛轉翠眉似畫。渾不管旁人覷咱。忽見柳花飛舞，念海棠春老誰能嫁？淚暗濕、零羅帕。[33]

鄭板橋作？

△自是桃花貪結子，錯教人恨五更風。

不知誰作。

△白玉堂前春解舞，東風卷得均勻，蜂團蝶陣亂紛紛。幾曾隨逝水，豈必委芳塵？（萬縷千絲終不改，任他隨聚隨分。）莫是雪花飛六出，定教五穀豐登，韶華休笑本無根。好風憑藉力，送我上青雲。

薛寶釵詠柳絮詞，我替她改兩句如上。

△今天（七．七）小羽來，對我笑，但我沒有抱他，恐傳染。聯阿娘言，淨重十九斤（菊文一歲半，只廿二斤）。

△翠翠紅紅處處鶯鶯燕燕。

風風雨雨年年暮暮朝朝。此雙字對甚好，唯「翠翠」稍生。

△（七．九）寶姐言，人事已開凍，叫你與好毛乘早申請調攏。寶已有信與你及好毛。

△病狀穩定，體溫仍在三十七度至三十七度四之間，胃口還好。十六日再去診治，大約國慶前可痊癒。牛皮官司也可打完。

△晨四時半起身，七時前寫字，七時起即臥床休息。生活如刻板。下午睡起，為小明畫故事畫（狼來了之類）。作《〈紅樓夢〉百詠》，有得消遣。

（一九七〇年七月七至九日，上海）

六六

新枚：

你那裏的レストラン〔餐館〕，使我憧レル〔憧憬〕，有座頭可選擇，有酒有飯，才有意思。這裏的大都要排隊買票，合桌飲食，少有趣味也。

今日七月十六。上午寶姐陪我去看病，稍好些，病假三個月（十月十六止），十月十六再去看病。中間只要阿英媽去領藥。

我希望到石家莊，上那レストラン喝酒。看來今秋不行，明春一定行。今秋我想叫你和好毛來探親，費用算我。

這兩種藥，看來要常吃了。價值甚昂，現我一文不花。感謝共產黨，祝毛主席萬壽無疆。

作了幾首《〈紅樓夢〉百詠》。

溫柔鄉裏作神仙，唇上胭脂味最鮮。
不與顰兒同隱跡，堅貞還讓柳湘蓮。

多愁多病更多心，欲說還休欲語顰。
絕代佳人憎命薄，千秋爭說葬花人。

芬芳人似冷香丸，舉止端詳氣宇寬。
恩愛夫妻終不到，枉叫金玉配良緣。

滿眼兒孫奉太君，大觀園裏樂天倫。
何當早赴西方去，家破人亡兩不聞。

盡忠救主立功勞，小卒無名本姓焦，
馬溺代茶終不忘，黃湯灌飽發牢騷。

攬權倚勢愛黃金，笑裏藏刀毒害人，
不信侯門深閨女，貪贓枉法殺良民。

塵世何來檻外人，天生麗質在空門。
早知純潔終難保，悔不當年學智能。

不寵無驚一老劉，何妨食量大如牛。
朱門舞歇歌休後，嬌小遺孤賴我收。

猩紅巾子定終身，往事依稀感慨深，
記否良宵花解語，山盟海誓付煙雲。

禁門深鎖綺羅人，暫釋還家號「省親」。
一自捉將宮裏去，從茲骨肉兩離分。

三尺紅綾一命休，貞魂還倩可卿收。
青鸞有意隨王母，空費人間一計謀。
滿園春色不關門，木石心腸也動情。
誰道我輩乾淨物，近來也想配婚姻。

待續。

〔一九七〇年七月十六日，上海〕

六七

多日不通信，此間無大事，我病漸癒，能獨自步行，飲食睡眠皆佳。小羽健好，昨日來，要祖母抱，對我笑，其貌大部似母，額似父。阿姐昨日返家，住四日，聞不久畢業。國慶前必有定局。秋姐輸血給國家，得十七元報酬，休假三日。邵遠貞已去（阿霜帶去，他不肯去，聯娘難過），聽說曾在天津逗留，好毛多少賠貼些。志蓉姐校中搞「三反一鎮」，要住宿校中（約三星期），前日因病返家，休五天。因此近日甚鬧熱。

文彥〔註〕久不來，昨忽到，言校忙，故久不返滬。

前日畫院來兩人（楊正新、王其元），小坐三四分鐘即去，言無事，來看看我病。我對他們只說病狀，此外無話，不知他們是何用意耳。《水滸》已看完，《儒林外史》看了一半，

註：文彥，指潘文彥，專長物理學，愛好文藝，曾師事豐子愷。羅芬芬為其妻，兒子宜冰是豐子愷取的名。

不好看，停止了，想看《鏡花緣》。

小明昨隨南穎去游泳，此孩壯健而聰明可愛，阿姐終身安悅。……先姐家改造房子，暫遷居在棚屋內過夏，來信訴苦。她很少來，我出院後，只來一次，寶姐每逢星期三、六必到，同小明去她家宿，因朝嬰星期四例假，她星期日例假也。民望哥為演出，不下鄉，寶從事法文詞典編輯，亦不下鄉云。此間保姆除阿英媽全工外，阿施來半工，每日上午到，你母得稍逸。華瞻哥家菊文極吵……甚麼東西都要拿……凡他所搭得到的地方，不放東西。亦受累也。

我要十月十六再去看病，此後即長病假矣。

〔一九七〇年七月廿一日，上海〕

一九七〇年七月

多日不通信，此间无大事，我病略愈，能稍自步行，晚上睡眠皆佳。勿为健挂，昨日来，要祖母抱，对坐矣，其貌大部似母，颇似父。汝妈昨日返家，住四日，闻不久毕业。国庆前要有定局。我师输血治国家局长十七天报道，休假三月。即送达已出，昨从前（的都市去，心不当去，服从组织）。其君得退留，招毛多少缘路。志学你校中捐三友一镇，要住宿校中（的三千元加）。前日国栋返家，休五天。因此书甚简短，文秀久不来，昨忽到，言校忙，故久不通信。前曾画院来函（招已新生共己）办生三个伸即去，言与事，来看之，如病，林读他们识病状，此外无须，不知何用意耶？此诗已看完，你抄的更有了一本，可读者，停出了，我看读抄。如昨来撒脚（随而解），此后此健康可爱，阿妈深可安慰。先姑母日昨来，上次要同阿妈结婚，说某男子与何等，可犯

阿妈拒绝。先姑家改造孙子，皆送兵去棚屋内过夜来往，称老她很少来，说出院后为来一次，堂姊每逢星期三六又到，闻如能去她家看，因姻安星四例假，她星日例假者，只要去可遗憾，不可多，实在事情夫文同典每辞，亦不下角许，此间保姆阿菊除佐是不外，汝能来当去每日上午到，祖母日精逸。葬陵了出前文栏吵，年初不喜，她公东西都要拿走，家猫被吵，只有晚壁清野，内他所接访的地方，不敌东西，无爱墨班。抄画来月十六日寿辰，此后要病假矣。

六八

此間岑寂無事。我健康增進。阿姐返家四五天，昨又下鄉去。再過二週又來。因上次她「留守」（日本解作出門，與我們相反），所以下次早回來，賽過午飯限到三點鐘吃（註），離夜飯就近了。看來她不久可派工作，但不知派在何處耳。

對句「惟將終夜常開眼，報答生平未展眉」，確是良佳。此處本可不對，他卻要對，而且對得良佳。大概對句都生硬造作，好比無端地拿出兩樣東西來並列，真乏味。「香稻啄餘……」是其例，「大帝君臣同骨肉，小喬夫婿是英雄」（周瑜墓聯），「詩人老去鶯鶯在，公子歸來燕燕忙」，「西園公子名無忌，南國佳人字莫愁」，是佳聯，然亦是「為對而對」。兒時舊曲中有兩句：「縱教（紅梅）開在群卉上，可憐憔悴霜雪中」，還有點聯繫，但對不工耳。「惟將終夜……」二句，實在是一句，猶之「以直（一聯）報怨（一聯）」（一句），故佳。

文彥久不見，前日忽至，言校已上課，且運動忙，故難得返滬。

今年桃子大年，我們天天吃，大都很好。西瓜卻不多，要排隊買，但也吃了不少。荔枝頗多，價亦不貴。

我每日五時起身，在此寫讀，到七半止，上下午皆睡二三小時，生活有規律。煙日吃半包，不能再少了。酒絕不吃。到想吃酒時，病痊癒了。

（一九七〇年七月）廿二晨（上海）

前詠寶玉一首作廢，今另改如別紙。彼時推重柳湘蓮，今知其不可，柳實可誅。

註：賽過午飯限到三點鐘吃，意即：好比午飯延遲到三點鐘吃。

六九

新枚如見：

你自製色拉下葡萄酒，可謂自得其樂。將來我到石，下酒不愁無菜了。你考證《史記》與《列國志》，亦無聊消遣之一。那部《二十五史》，昨華瞻到聯娘家，取來四冊，另一冊（包括《史》《漢》）被張心逸〔註一〕借去，前寫信叫咬坤〔註二〕去討，無回音，日內還要去信催索。此《二十五史》是很好的，五冊包括一切，乃當年開明書店一大成績，普通道林紙本有九冊，我的《聖經》紙本，只五冊，更可貴也。

近看《水滸》（胡治均借給，他最近常來），《〈紅樓夢〉百詠》停止了。唯前日又寫一首：

花陰石畔兩相憐，親上加親是宿緣。
可嘆塵寰生路絕，雙棺同穴大團圓。

前寄諸首中，最後一首是指兩隻石獅子，太晦不好。刪了（後改成：朝朝相對守朱門，木石心腸也動情。誰道我輩乾淨體，近來也想配婚姻。——也不好）。

來信中附詩：「丈夫氣魄」是指尤三姐，「性兒」是指尤二姐，「妍容」指晴雯，第四首「繁華」看不出，「候門」應作「侯門」。

我病假三個月，至十月十六再去看，再續假，即等於退休。此事前已告你。近來我健康頗有進步。一者，胃口好，每日營養充足，常吃雞湯。二者，風痛漸癒，能獨自行走上廁所。三者，半個月必須剪腳爪，隔天必須剃鬍子。這說明身體生活力旺盛。自知壽命當在新豐老翁之上，在世與你還有一二十年父子情分呢。

昨華瞻到聯娘家，見小羽很胖，見了他就笑，重十九斤（七個月）。華瞻家菊文一歲多，

註一：張心逸，又名張逸心，豐子愷在石門灣緣緣堂時期私授（日文等）弟子。

註二：咬坤（一九二七—一九九四），名豐坤益，豐子愷之堂侄，與張心逸同住在石門鎮。

重只廿二斤，可見小羽身體好。可惜父母子三足鼎據，邵遠貞在聯家住了四五十天，明天回北京去。超英尚未解決問題。拖拉作風普遍，但終有一天解決。我看「水滸」，一面講與南穎、意青聽。亦一消遣。胡治均又借我《儒林外史》，慢慢再看。他又送來日譯《緣緣堂隨筆》，他日寄你保存，譯得很好，餘後述。

（一九七〇年）七月廿七晨字（上海）

七〇

新枚：

也許發此信，即得你信。

多日不得你信，念念。你岳母最近患病，醫生疑是癌，後來確定為膽石症，膽中有石，要開刀，要忌食油膩、酸辣（這些是她平生最愛吃的），現在家休養，有秋姐出旨，可以放心。你可去信安慰她，勸她少吃忌物，不久病好還是可吃。

小羽健好，有梅春管，並不為累。他最喜出外，看車水馬龍。小孩大都如此。邵遠貞已去，聽說在天津勾留。好毛又要破費些。她給秋姐信，說其夫不日釋放（註），詳情不知。凡事拖延，不可屈指期待。我已久慣，不放在心上了。我病漸好，能自己步行，只是右臂神經痛，不能高舉，但尚能寫字。「紅樓雜詠」頗有興，不久彙集寄你。再過五六天，阿姐當歸，寶姐、民望皆不下鄉，華瞻哥編英語教材，亦不下鄉。上海秋涼，嚴霜烈日皆經過，次第春風到草廬。母眼很好，能縫紉寫信。

〔一九七〇年〕八月卅一日 愷

註：「文革」中冤案。

新校、多日不得你信，念念。（也許要明後，可得你信）你母
最近患病，医生疑是癌，后来确
定为胆石症、胆中有石，要开刀，要忌
食油腻、酸辣（这些是她平生最喜吃的），
现在家休养，有秋娣出資，可以放心，你
可去信安慰她、劝她暂时戒吃忌物，不久病好
还是可吃。
小朋健壮，有梅青爱，並不为累，他最喜
出外看车及马龙。中秋大節如此，即送至
已去所说去天津与留，好毛子要双楼些，
她给秋娣信，说甚么不日择教，详情不知，凡
事拖延，不可[illegible]可候指期待，我已久惯，不放
在心上。我病渐好，能自己步行，只是右臂
神经痛，不能多写，但尚能写字，只接受讯
凝有些，不久集寄你，许过五六天，说得当归，
家乡民望我，皆不下乡，等待多得英语教材，
本和平乡，上海、北京，霜叶相望，皆曾回过，近有书来到
草草，母那很好，候母写信。 八月廿一日晚 一九七〇年

七一

新枚：

多時不見來信，念念。好毛前日返滬，現住母家。惜汝不能來與相會。超英夫婦及一子亦皆來滬，住秋姐家，情況都很好。阿姐言二十九日返家，住六七天再下鄉。但又有人說，即將派工作，不再赴幹校，不知究竟何如耳。我病漸癒，十月十六再去診治，再行續假。其餘消息全無。蟹已上市，我略飲一小杯耳。餘後述。

〔一九七〇年〕九月二十五晨 愷

與寶姐信早已看到。知你做色拉，獨自遊船，甚慰。

七二

來信言畫因樟腦丸褪色，絕無此事。畫不怕樟腦丸。不知何故褪色。

此間盛傳備戰、疏散。我與母想不走，我的問題恐因此又拖延，只得聽便了。好毛想已到石家莊？聽說細毛亦還鄉探親，要在北京住一會再到家云。

今天聯娘同小羽來。小羽大多了，能叫「公公」。

〔一九七〇年十月四日〕星日晨書

上海國慶不遊行，不放燄火。只有淮海路五彩電燈成橋形。近已放光。

我姪：多時不見來信，念念。好毛前曾返滬，
說住母家，惜此未能來與相會，超英夫婦
及二子亦皆來滬住新娘家，情況都很好，
聞如芸英乃返家，住六七天即下鄉，但又說
即將派工作，不再赴干校，不知究竟何如耳，
我病漸愈，有空再去信諮，再行康復，
其餘消息無多，緩日再布，新居能一切耳，
餘容再述，　九月廿五晨　惺

1970年

与宝妹信早看到，知你做包揀，轉自邀船，共慰。

七三

新枚：

久不得書，念念。好毛定今日下午六時上車赴天津。阿姐在此時，她宿在此。阿姐下鄉後，她宿母家。昨重九，母生日，你岳家全家來吃麵。小羽很要吃。他母抱他在桌上調了一碗粥，將餵他吃。梅青說，抱他到陽台上去吃，就抱了他。他大哭，以為不得吃粥了。梅青一手拿了粥碗，一手抱他走向陽台，他就不哭了。一碗粥不久吃光。

華瞻家的菊文，很不要吃，因此瘦小似餓鬼（日本人稱小孩為ガキ），小羽要吃，故很胖。我抱了他，他弄我鬚。他在外婆家，時刻想出外，到了外面，不想回來。小孩大都喜換環境。

阿姐帶小明下鄉，入託兒所。今天來信說，小明非常高興，在這新辦的託兒所裏當了「小幹部」，晚上回來跟母睡。託兒所離母處，不過我家到萬興〔註一〕。小明在鄉快樂，我很放心了。阿姐是「積極分子」，但不知何時畢業，派何工作。

你岳家近很鬧熱，超英夫妻、咬南〔註二〕都到，現已回去，只剩咬毛，今天也要走了。據說超英兩年來很辛苦，但「結論好」，現已復職云。

江南蟹已上市，我吃過二三次，此物恐石家莊沒有。近我常吃雞湯，味難當，當吃藥。據說非常滋補。十六日診後再給你信。我右手右腿麻木，似半邊瘋，但不甚重，貼膏藥、飲藥酒，好些。

愷字

〔一九七〇年〕十月九日〔上海〕

《二十年目睹之怪現狀》你有否？如有，寄來一看。

註一：萬興，上海淮海路陝西南路口一家食品店的名稱。

註二：咬南，名沈綺，超英之妹。

七四

新枚：

今日寶姊陪我去看病，又得休息三個月，明年一月十六（陰十二月二十左右）再去看。那時恐可由你陪去了。

南穎 ganjiode〔註〕勿肯寫信。課的確忙，懶也夠懶。有空專門踢毽子。

〔一九七〇年十月〕十六日愷字

註：英文拼音，家鄉話，意「哪裏知道」「竟」。

七五

新枚：

前幾天有一個青年來，找你，説姓俞，名字我未問。他問你春節回來否，我答言「不知」「尚未」，他要你的通信址，我寫給他了。

小羽夜裏已不吃奶，梅青管他省力了。

我日來「認真做按摩，寂寞養殘生」。少喝些酒，亦自得其樂。

超英念「落紅不是無情物」，此句與他身世有何關聯，我想不出。此人愛文詞，我亦一向不知。

〔一九七〇年〕十一月四日字

聽見南穎在朗讀：

Vice-chairman Lin's description:

Study Chairman Mao's writings, follow his teachings, act according to his instruction, be his good fighters.〔註〕

前寄刷一卷，內三件，想收到。

註：英文，意為：林副主席教導我們：讀毛主席的書，聽毛主席的話，按毛主席的指示辦事，做毛主席的好學生。

七六

接好毛信，知有人對調，希望成功。即使調後無探親假，亦小事，大不了自己出錢，請事假返滬。

病照舊，情況亦照舊，荏苒光陰，又近年終。韶華之賤，無過於今日了。日日做按摩，頗有效驗。

……《文匯》載：周信芳翻案，言「我罪如芝麻綠豆」，「我還要演戲」……民望哥言，前日拉他到鄉下去開批鬥大會，民望在鄉也。

最近兩次有人來調查：一，我家被抄去的財物若干？二，兩個人的貪污行為（嚴x，即佔住北房的人，徐x x，即專門打人的兇人）。我們依實答覆。可見，目前還在搞「三反」。

我逆料，年底總差不多了。大不了，一月十六日再續假三個月（結防所請長假者甚多，我每次要求，醫生都問為何不退休），但希望其不然。

〔一九七〇年〕十一月七日〔上海〕

七七

新枚：

久未寫信與你。此間平安無事。我每天做保健按摩，頗覺有效。昨下午文彥來（他是公出來滬），與我談了好久，知他家小孩已三歲半，精神好，而身體不好，恐是血統太近之故。小羽同他們一樣血統，但並無病狀，十分健康，可見血統太近之說並非人人如此。

明日小羽週歲，母昨天起已在準備請客，封了十幾包糖果送親友，並準備「拿周」的東西，看他拿甚麼。明日再告。

文彥離家，其妻芬芬及小孩都記念他。我勸他將芬芬遷王店，他說有種種聯帶關係，不行。蓋芬芬之父亦捨不得芬芬也。看來看去，華瞻一家，目前最幸福，雖夫妻早出晚歸，但父母子女五人團聚一處，晚上及星期日猶有天倫之樂也。你家分居三處，不知何日可以集中，時在我念中。

昔年馬駿借了我三百五十元去，一直不還，前忽匯還一半，此實如倘來之物。他不借去，也被抄去了。

你探親假如延長扣薪，當以此款補貼。

母常嘆願：但得一吟和新枚像華瞻一樣，天天回家。一吟或許有希望。你則希望遙遠，然世事茫茫難自料，亦未可必也。

近聞時作「雙聲」句（即每字子音相同）：

△芬芳風拂拂　依約月溶溶

△瀟湘棲蟋蟀　夜雨浴鴛鴦

△秋川清且淺　玉宇嫋閒雲

△琵琶頻別抱　鳳尾舞翻飛

以上廿八日寫，今日小羽來，比前更健，且饕餮，要我抱，弄鬍子。聯娘一家來。寶姐原定來，終於不來，但也夠鬧熱。小羽拿週，先拿槍，次拿筆，後拿算盤。將來「文武雙全」。

（一九七〇年十一月）廿九下午字（上海）

七八

新枚：

來信言春節探親不行，我們未免失望。然今日之事，不可預料，變化莫測，「萬事隨轉燭」耳。小羽赴天津，我甚贊善。如何去法，你們從長商定，我送小羽行儀五十元，已交母處。他日交你或好毛。

阿姐原定廿二到滬，昨來信云須延遲，為了「出版界鬥爭正揭開蓋子」。

我每天做按摩二次，小飲清歡。晨間弄筆頗有興趣，他日送給你收藏。

有《教師日記》一冊，是你畫封面，且第一篇即是你誕生之記事。今另郵（刷）寄你，望看後保存。

〔一九七〇年〕十二月廿一上午字〔上海〕

七九

新枚：

今天小羽來，能扶床走路，不過常要伸手摸痰盂。秋姐來與我打金針，果然手腳靈活些。後天再來。秋姐說：病假滿一年，即「長病假」，從此不須上班，可安心養病。阿姐此次休假「放棄」了，不知何日可見面，好在小明愛住鄉下，天天有電影看。得咬毛信，知她調石事已成功，須在春節探親後實行。你們三人能團聚，是大好事，我那時一定到石來看你

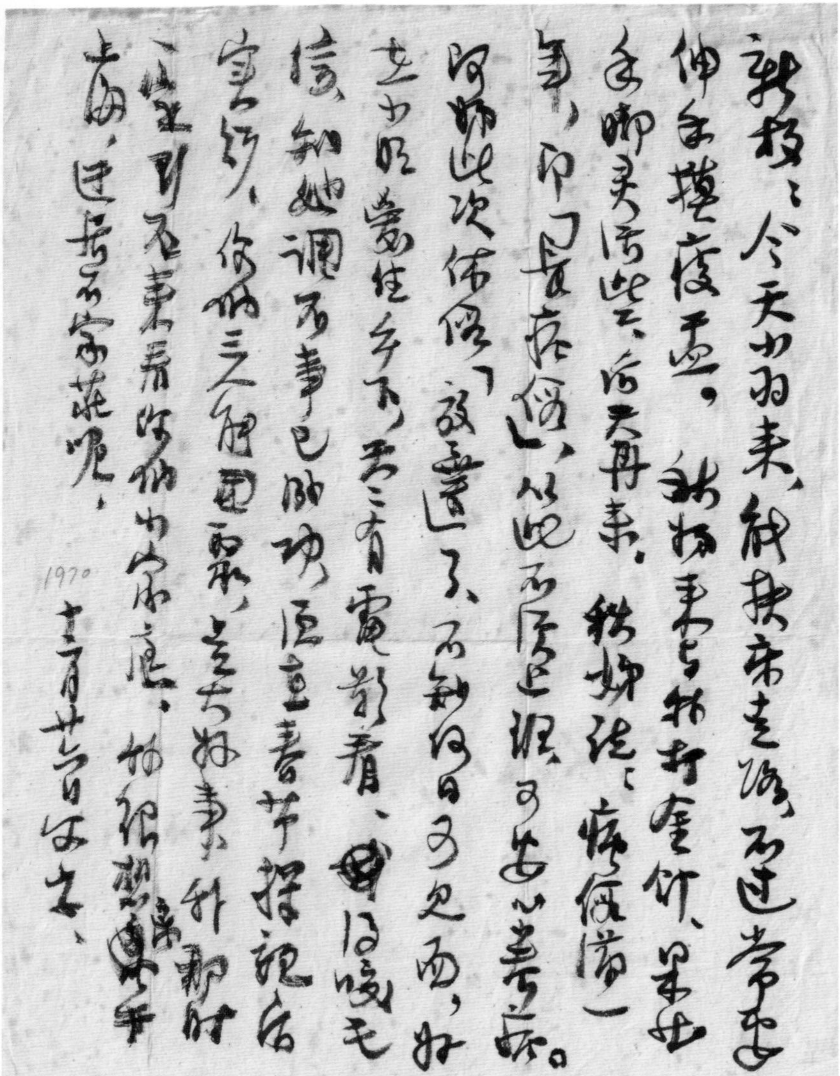

們小家庭。我很想離開上海，遷居石家莊呢。

父字

（一九七〇年）十二月廿六日（上海）

八〇

新枚：

家中平安無事，我病不增不減。無可報道。

唐虞之世麟鳳遊，今非其時來何求，麟兮麟兮我心憂。
疑怪昨宵春夢好，元是今朝鬥草贏，笑從雙臉生。

〔一九七〇年〕

八一

新枚：

你去後，星期一，即有鄉親二人來宿。倘早一日，勢難留宿，亦彼此之幸。其人叫豐明貞，及其子養先。明貞者，乃五爹爹之孫女，平伯之女兒，你沒見過，我也三十多年不見了。她的丈夫在上海醫院醫病，她來照顧，住六七天要回去，送了雞魚等許多食物來，真客氣。

廣洽及陳光別〔註〕之匯款，今日收到，共八十元（歸我保存，無用）。

今下午我午睡中，畫院二人來訪（一是王其元，另一是裱畫師之子，亦擔任勤務），問我病狀。我以實告：「肺病及神經痛，步行困難。」他們二人此來，不知有何用意。且聽下回分解。

註：陳光別，生於一九一二年，新加坡華人，新加坡工商金融界人士，曾任新加坡居士林佛教會會長等職。

我在此諸事小心，你可勿念。
下次去信，有畫寄你，你那袋上須改為六十幅。

父字
（一九七一年）二月廿三下午（上海）

八二

新枚：

來信昨（廿五）到。你的房東真好，同家人一樣。來信以經濟為言，此想法在今日不對，今日的錢鈔，其價值與往昔不同。例如阿姐，只四十元，而退休的資本家有一百六十元。可見錢多並不表示能力強，都要碰運氣。在可活動的範圍內，互相通融，各得其利，不必分彼此也。所以你千萬不可介意。而且這狀態，我看不會持久，不久總有合理的「按勞取酬」辦法。

告你二事：（一）南穎寫「天天向上」為make great，是錯的，她今依老師言改正為make progress。（二）華瞻言：最高指示，要把《二十五史》加標點。此指示甚及時，再遲，老人死光，無人能加了。我想，清史也應修了。

你那「敝帚自珍」袋上需改為「六十幅」。新加四畫附此信內。

父字
（一九七一年二月）廿六下午（上海）

八三

新枚：

你叫丈母娘買火腿給我，她今日送來，都是精肉。午飯就吃。

文彥用熱水瓶盛酒，其法至佳，不可不畫。今畫了一幅《勸君更盡一杯酒》，附此信內，可加入六十幅中，而取去「前程遠大」（兩馬）一幅，此幅乏味。

文彥，我也送他一幅「勸君更盡」，再加一幅放風箏，共得十幅，等他來時交他。

阿姐言：上次兩人來看我，是準備開一批鬥會，然後宣佈解放。所以我必須準備到會一次。我記得那天他們問我「能下樓否？」看來就是要我再出席聽罵一次，我已有心理準備，只要他們派人來扶。

你準備在城中覓屋，甚好。今秋我一定到石家莊，我對上海已發生惡感，頗想另營菟裘，也許在石家莊養老。你說有紹興酒，那更好了。今後交通日便，物資交流，不分南北了。

我以前寫《菩薩蠻》，寫到「鏡中雙臉長」，覺此女面長可怕，於是不再寫《菩薩蠻》。你言「垂涕沾雙扉」，不管「扉」是甚麼，鼻涕總是討嫌。古人詩好的固多，壞的也有。

父字

（一九七一年）三月二日（上海）

傳說：中央指示，上海鬥批改應早結束，但「頭面人物」勿太早解放。我便是「頭面人物」，所以遲遲。

又先姐言，卯金刀〔註〕死了。姑妄聽之。

註：卯金刀，三字合起來為「劉」，即「劉」的繁體字。暗指劉少奇。

八四

來信描寫酒店，好似一篇小說。我盼望身入此店，不久可實現了。家中平安無事。前寄二信，第一信中畫四，第二信中畫一，想已收到，下次來信提及。

我傷風咳嗽，早已好全，照常飲食，各處批鬥「五．一六」，運動又要拖延，但今年是黨成立五十年紀念，務必開全國人代大會，所以諸事不會十分拖延。

阿姐陪母遊杭州，帶來一枝松毛，這常青物很可愛，掛在我桌上，至今青青不變。將來你來時還可看到青松。

〔一九七一年，約三月十日左右，上海〕

八五

新枚：

信收到，知以前各件都送到，甚慰。石家莊供應豐富，我希望秋天能來看。萬一不能，設法叫你們回家省親。今日萬事拖延，不可無思想準備也。我近來身體健康，精神也愉快，酒興很好，證明心身兩健也。

古詩云：「夜飯少吃口，活到九十九。」（見《古詩源》）[34] 你夜飯少吃，好。我也如此。

父字

〔一九七一年〕三月廿日〔上海〕

即日春分，我略感疲勞，晨起較遲，二至二分（春分、秋分、冬至、夏至），對肺病人很不利也。

告你二事：

一、咬生[註]回來了，咬毛同他做媒的那女人（姓厲，高橋人）也來了，兩人會面，就要結婚。聽說結婚後可以調到福建。（咬生已三十五歲了，咬生月入四十元，女的也只四十元。不生小孩，可舒服過日。）

二、……

註：咬生，名沈詩昌，又名沈企勝，咬毛之兄。退休前任福建省國防工科辦機械工程師。

八六

新枚：

一星期不給你信了，此間一切如舊，大概為了五．一六，運動又要推遲了。我已習慣於幽居，只當無事，倒也安樂。繪事已告段落，今後擬寫《往事瑣記》[註一]。古詩「挑燈風雨夜，往事從頭說」，好句，惜不能畫。又想起兩聯：「二十四番花信後，曉窗猶帶幾分寒。」又，「且推窗看中庭月，影過東牆第幾磚」[註二]，皆畫不出，捨之。

新亞[註三]尚未回來，不知要拖到幾時。前天母去參加一大會，鬥一個鄰近的女子。她因偷情，嫌其婆在，用DDT雜藥中，欲藥死其婆，結果被婆識破，向眾告發，開會鬥她。同時又審xxx，即xx（貓[註四]）之弟，用手銬帶進來，可見已犯了罪，詳情不知。胡治均來過，朱幼蘭父子也來，其子（顯因）已結婚，送糖來。菊文定於四月一日送託兒所，此男孩實在難管，常常獨自下樓，到馬路上去，故非送不可。咬生之對象已來，是高橋人，近住

註一：《往事瑣記》，後改名為《緣緣堂續筆》。

註二：豐子愷有此畫。

註三：新亞，豐子愷妻妹之子沈詩伯，咬毛之兄。參軍復員後任化學工業技術幹部。

註四：指其臉如貓。

聯娘家，定明年春節結婚云。秋姐有一バイオリン（小提琴），是馮槃芳（註五）舊物，意大利製，值五百元。民望哥介紹人買，尚未成交。窗外楊柳，綠意已濃，獨坐淺斟，自謂南面王不易也。

近讀《詞苑叢談》，見有女子詠七夕《鵲橋仙》，末兩句云：「人間都道隔年期，想天上、方才隔夜。」[35]又憶古人詠云：「試問牽牛與織女，是誰先過鵲橋來？」皆想入非非。

父字

（一九七一年）三月廿七（上海）

註五：馮槃芳（一九二二—一九六九），秋姐（沈國馳）之夫，國家醫藥工業研究院生物化學高級工程師。

八七

新枚：

來信收到，內附交你岳父的信也已交去。阿姐昨天（二號）回來，九號回去。我身體很好。

昨天來了個解放軍，石門人，名周加駸，同我談了多時，曾把你的住址抄去，他以後也許會來看你，所以我把本末詳告你：

石門有一周紫堂，我年青時，他在上海銀樓工作，我與母常去看他（此時母在上海入學），此周加駸，即周紫堂之子，現在遵義某工廠（此廠造導彈云）軍管組。兩三個月之前，此人從遵義來信，說起他五六年曾向我索畫，我送他一幅。現在他又向我索新作。我看了此信，想不起他是何人（昨天才明白）。大家笑他冒昧，沒分曉，此時還來向我索畫。昨天他同我談，才知道他都分曉，並不冒昧。他說：他室中向來掛我送他的一幅畫。文革初，人們勸他勿掛，他就收了。去年，人們又説可以掛了，因此他又掛起來，並且向我索新作。我許他稍緩畫給他。周加駿的通信地址是「凱山四七八信箱軍管組」（保密不寫遵義）。此人（他的夫人在長春，也未調攏）常常出差，周遊全國，故也許會來看你。

上月來了一個新的工宣隊，問問我病，最後對我説：「將來病好到畫院來白相相（註）。」前天又來一新工宣隊，向我詳細查問我家讓出房子的經過。不知是何用意。阿姐説，如果將來要還我們，要求把煤氣裝到樓上來。華瞻説：現在，萬事都要「落實」，所以房子也要調查，不知究竟何意。

我正在寫《舊聞選譯》（古書上所見有意義的故事，用白話譯出），將來再寫《往事瑣記》（前與你説過，寫我幼時事）。兩事都很有興味。陶詩：「但願長如此，躬耕非所嘆。」又「在世無所需，唯酒與長年」[36]。頗有同感。

明日寒食。

父字

〔一九七一年〕四月三日〔上海〕

註：吳語詞匯，玩耍的意思。主要通行於吳語區的上海、蘇州、無錫、常州、嘉興、湖州、舟山等地。——編註

八八

新枚：

零星事寫告如下：

△咬生的未婚妻，將皮包放在亭子間裏，被人偷去了。內有鈔四元，布票十六尺。咬生賠她四元，聯阿娘賠她布票十六尺。是同住的人家有壞人偷去的。

△超英哥愛古詩詞，我料不到。……

△昨華瞻聽中央報告，據説：老年知識分子「敵作內處」者，工資照舊（但不說以前扣的是否發還），抄家物資發還，但已壞者不賠，金子作價發還……政協等等。看來，快處理了。前幾天有個工宣隊來詳細調查我們的房子讓出經過，恐怕也是一種處理。

……

△來信昨（八日）到。你修自鳴鐘，裝銅壺滴漏，甚好。今古奇觀的故事，實屬罕有。

△阿姐今晨（九日）下鄉。小明來去都高興，我甚放心。阿姐同朝嬰昨下午去看小羽。朝嬰還是初見。小羽見她，大哭。大約怕生。此間的坐車已送去，小羽專門想出外，今後可叫梅青用車推他蕩馬路。

△城中房子易找，甚好。希望你們早日團圓。酒店全是葷菜，説明當地富庶。我是醉翁之意不在菜。

父字

〔一九七一年四月〕九日上午〔上海〕

八九

新枚：

前天下午有一工宣隊同老孫（即本來之工人）二人來，我正午睡。他們說不必見我，只要同母談。談的是房屋問題。問我們這裏住多少人，何年何月讓出樓下，最後說：「你們如果房子不夠，可向房管處申請。」（聽說有許多人，起初驅逐出屋，後來照舊還他。）我們現正考慮，如何對付。已告阿姐，尚未見覆信。大約只有兩辦法：（一）索性乘此機會，遷居別處，獨立為一家。（二）要求把鋼琴間及磨子間還給我們……大家考慮，此間地點好，房子好，另遷恐不如意。還是第二辦法好。未定。

盛傳「上海鬥批改快結束，但頭面人物勿太早」。勿太早，大約也不會太遲了吧，總之，看來快了。

參考別單位事實，我的工資應該恢復二百二十，而且過去扣的要還。若果如此，可發小財了。

阿姐從鄉來信，言此事從緩，將來條件必更好。對。

此間春光明媚，我病好得多了。後天再去看，大約是最後一次看病了。

父字

（一九七一年）四月十二日（上海）

（日文）竹ノ子（タケコ）（筍）　木ノ子（キコ）（香菌）　木水母（キクラゲ）（木耳）

九〇

新枚：

來信收到。你自己裝電燈，為別人修鐘，很有意思。可以改行，也可得五十幾元。

我今天上午去看病，透視結果，沒有變化，又給三個月藥。七月十四再去看。

母說，你倘要買物，可來信，託那便人（孫君）帶給你，布票可以給他幾尺。

寶姐告我：中央文教會議決定，老年知識分子恢復工資，並補發以前扣除的。又說：抄家物資，除國家需要的以外，一概退還。已壞者不賠償云云。寶姐說：「圓子吃到豆沙邊了。」

你信上叫我勿去上班，我要來生再去了。無論如何拖延，我總是一直在家「淺醉閒眠」了。問題一解決，我就想到石家莊。

小羽很健，要吃。聯阿娘說：「瓦看特吃得落厄。〔註〕」

父字

（一九七一年）四月十四日下午（上海）

小羽體重廿四斤。

南穎、小明小時的玩具，現在不要了，我都交聯娘給小羽及阿至。因她家玩具很少。……

菊文要送託兒所，還在驗身體。

母親為菊文好辛苦。希望送出。

註：瓦看特吃得落厄，土話，意即：我看了他（真喜歡，簡直把他）吃得下去。

九一

新枚：

信收到。的確，The tables are turning〔形勢轉變了〕。聽說：某大專教授，未解放，但薪已照舊付二百多元，解放後補發以前所扣。此與寶姐所傳達相同。看來不久有轉機了。

我看病後，透視報告，沒有變化。現在照舊服藥，休息。七月十五再去看。上班是永不再去了。你患的甚麼病，Haemorrhoids 是甚麼？痔瘡吧？你對廠很滿足，甚好。三月暮，古人傷春，是無病呻吟，我也不以為然。我窗中時有柳絮飛進來。想起薛寶釵的《臨江仙》：白玉堂前春解舞，東風卷得均勻，蜂團蝶陣亂紛紛。幾曾隨流水，豈必委芳塵？萬縷千絲終不改，任他隨聚隨分。韶華休笑本無根，好風憑藉力，送我上青雲。

我近日晨間寫《往事瑣記》，頗有興味，將來給你看。你的便人還沒有來。

華瞻昨問我一句：

彼はいつもの様に酒を飲む。

他不解いつも是「何時も（いつ）」，而把「もの」當作「物」字，便解不通了。此句應譯為「他照常喝酒」。你一定懂得的吧。餘後述。

父字

〔一九七一年〕四月廿二下午〔上海〕

阿姐明天上來，房子事由她去交涉。阿姐住四五天又下去云。

那解放軍周加駸，前日夜八時又來過。他本要到石家莊看你，因事作罷了。他同華瞻談了很久，我已睡了。

阿姐廿三下午回來，住四天又要去，去搞五．一六。她沒有帶來甚麼消息。總之是拖延。我管自寫我的《往事瑣記》，很像《緣緣堂隨筆》，頗有興味。

……

盛傳「三還」，還房子，還工資，還抄家物資。

〔一九七一年四月〕廿三晨〔上海〕

九二

新枚：

來信收到。你們那邊有不忘「紅酥手，黃藤〔滕〕酒」，「江南憶，最憶是杭州」之人，真也難得。你在屋中作種種自動設備，可謂自得其樂。

此間依舊，太平無事。那解放軍周加駸已回貴州，來信要我寫兩張字，唐詩宋詞云云。《二十年》〔註〕很好看，已看一半，此人廣見多聞，筆頭又靈，可佩。

華瞻言：他們同編英文字典的，有一人，才解放，工資恢復二百五十。其人要求到杭州女兒家去休養二個月，不許。現在還是早出晚歸上班。此人與我同年的，可見我全靠生病。又可知我的二百二十不久也該恢復。

不過，我的單位性質有點不同，是砸爛單位，管束不嚴。據說有二三老人，並無病假

註：《二十年》，指《二十年目睹之怪現狀》一書。

證，也不天天上班去。又據人說：從前扣的都要補還。抄家物資也都要退還。阿姐前天（她昨已下鄉）到畫院去（為了購物卡失去，要求證明補發，已得），他們交她帶回七八本照相冊，其餘物件，沒有提起。看來這就是退還抄家物資了。

菊文五月三日進託兒所（已報名交費），此後母可以輕鬆些。

新亞已於五六日前出來。聯娘說，他在內天天坐條凳，腳毛病了，現在照舊天天上班。

（一九七一年）五一前一天晨（上海）

九三

新枚：

無事可告，怕你掛念，寫此閒信。我晨間寫《瑣記》，頗有趣味。《二十年》我已看完。此書內容奇離古怪，文筆淋漓盡致，只是結尾太慘，令人掩卷納悶。現正候便人帶往杭州給滿娘看。

小羽不時來此，漸漸長大了，不知你們這三角關係，何時變成團聚耳。

枝上柳綿吹又少，春去了。現正是清和天氣，不知北方如何。

華瞻問我：「大ナ（オウキ）」為甚麼不用「大イ（オウキ）」？這「ナ」字我竟還不出理由來。查字典，說是「連體」，例如「大ナ顏（カホ）」，〔註〕也莫明其妙。不知葛祖蘭是否在世，很想問問他看。秋姐言，本來進出，常常看見邱祖銘，但近來長久不見了。不知此人也是否在世。

最近，朱幼蘭、胡治均來，都是為兒子結婚送喜糖。

註：「大きい」（大イ）和「大きな」（大ナ）在日語中是兩個詞（「大イ」是形容詞，「大ナ」是形容動詞「大（オオキ）」的連體形），然而後者經常被誤認為是前者的詞尾變形。——編註

阿姐要六月二日還家。

母說：文彥久不來了。超英來否？

父字

〔一九七一年〕五月十五〔上海〕

九四

新枚：

來信說吵新房和慘死，像是《二十年》中的材料。此間依舊平安無事，我照舊吃兩種藥。晨間照舊寫《瑣記》。總之，一切照舊。只是前天畫院老孫送信來，說捉出兩個「共向東」，本來都是當權的（xxx、xxx），其他情況不知。近來我對世事，木知木覺，自得其樂。都是養生之道。

忽然想出一首「古佛偈」，起初只想出一二句，後來竟全篇想出。這文章很奇妙，不知誰作。好像記得是蘇東坡作，吃不定。

阿姐要六月二日返家。不知她何日派工作，派在何處，都不可知了。

小羽很健，常常來此。聯娘身體很好，來時陪我吃酒。新亞上月已回家，無事。

父字

〔一九七一年〕五月廿一〔上海〕

九五

新枚：

久不寫信給你。此間依舊平安無事。阿姐來了一星期，今晨又去了。南穎下鄉，要十天，再過三四天來了。途中來信，說很有興味，吃飯時，肉給敏華（樓下女孩）吃，「豬血很好吃，早上吃溺」。原來是吃粥，她把粥字寫成溺，好笑。

傳聞，徐森玉（上海文物保管會會長）九十歲死了，屍體打防腐針，向中央請示，作為敵我抑內部論？倘作內部，要開追悼會，倘作敵我，就此燒化。下文不知。

曹永秀〔註〕來言：賀天健的存款解凍了，有兩萬多，可知存票都還他了。此人已解放兩年，至今方還存款，可見遷延之久。但曹言，最近指示，知識分子存款都要解凍。我想：巴金……萬難道也還他嗎？不可解。不去管它。

我身體很好，吃維太命C、B，胃口增加。寶姐說：「圓子吃到豆沙邊了。」大約對的。新亞在廠中，機器軋脱了右手中指一節，醫生給他接牢，聽說可以復原。

父字

〔一九七一年〕六月三日午〔上海〕

註：曹永秀，豐子愷長女豐陳寶的中央大學校友。

永安公司老闆郭琳爽，其妻及子都已去國外，他獨留在此。初期吃些苦頭，後來給他生活費了。最近其子匯來十萬元，他無用，全部上繳了。此人是全國政協委員，每年到北京開會，我和他同車，很相識。他叫我「豐姐老」，廣東人讀「子」字如「姐」字，我送過他字畫。

我繼續寫《往事瑣記》，很有興味。

九六

新枚：

你的信內容豐富。可惜英文日文俄文夾雜，母親看不懂。

你對這房子很有興趣，大概不想遷了？仍舊貫，如之何？

萬事拖延，阿姐何日派工作，我何時解決問題，都沉沉默默，不知消息。

朱幼蘭送我些新茶葉，不知是否碧螺春，味極好。今略包少許附此信內，你可作一次泡。嘗嘗江南風味。

新亞的右手中指，被機器軋脱一段，醫生替他接牢，現病假在家，看來可以復原。

王子平年九十，被抄物資發還了。他只要求遷居一個靜靜的地方去養老。此人是大力士，當年曾打倒俄羅斯大力士，因此有名。往年我曾請他看瘋氣病，同他很熟悉。九十歲還很健康，朱幼蘭去看他，故知之。

父字

〔一九七一年〕六月十日〔上海〕

董文友《憶蘿月》（即《清平樂》？〔註〕）：

已將身許，敢比風中絮？可奈檀郎疑又慮，未肯信儂言語。

便將一縷心煙，花間斂衽告天[37]：若負小窗歡約，來生醜似無鹽。

是代一從良妓女作的，見《詞苑叢談》。

註：清平樂，詞牌名，又名《清平樂令》《醉東風》《憶蘿月》，為宋詞常用詞牌。

九七

新枚：

附茶葉的信，想收到。昨天來了一個朋友，使我不勝感慨。其人你大概不知道。姓章名雪山，就是開明書店創辦人章雪村的兄弟〔註〕。他今年八十歲，很健，住在南昌路兒子家，步行來看我。他告訴我，雪村夫婦前年過世。還有許多人，你不知的，也已過世。昔年親友半凋零，半字已不夠用，竟是大半不止了。……

他原住在杭州，自己買的一間房子，被沒收了，無處容身，到上海南昌路住兒子家作臨時戶口。被抄去三千多元，已經還他，他就靠此為生。他告我：頂遲年內一切問題都要解決，他說我的存票一定會發還，工資一定會恢復，且看。他坐了一二小時，談了很多。……現在老友稀少，把他當寶貝了。臨別我送了他一個薄荷錠。

……

父字

〔一九七一年〕六月十三上午

註：章雪山當時為開明書店協理。章雪村即章錫琛（一八八九—一九六九），上海開明書店負責人。

九八

新枚：

無鹽乃齊之醜女（見《幼學句解》），非王后。

《幼學句解》內多古典，我想寄與你，但暫不寄。先將《舊聞選譯》一冊另封寄出（不掛號），倘能妥收，以後再將《幼學句解》寄你。《往事瑣記》我很感興趣，第一冊已被良能借去。等他還來，一併寄與你。

你屋確有好處，不遷為宜。車禍可怕，出門當心。你翻譯技術書，不會出問題。

父字

〔一九七一年〕六月十五日〔上海〕

《舊聞選譯》已寄出，平刷九分（收到後來信，免念）。過幾日再將《幼學》寄你，《幼學》乃一種類書，分門別類，用四六文體裁，其註解很好，可以知道許多古典。

九九

新枚：

論「山抹微雲」，又問 05 | $\dot{1}$76 | 56 7$\dot{1}$ | 33 42 | 1 的信已收到。此歌名《深秋》，載在我的《兒時舊曲》中。昨日已封寄，想可收到，最近封寄印刷物三件：(1)《舊聞選譯》；(2)《幼學句解》；(3)舊曲。想都收〔訖／到〕。《往事瑣記》別人借去的，已還來，

等我再寫一些，寄給你。

今日聯娘同小羽來。我寫此信時小羽在旁玩。他長得高了，叫人也會叫了。此間梅雨連日，今才放晴。胡治均的丈母死了，八十四歲。胡前日在此午飯，報告我「三還」的消息，說一切問題快要解決，我姑妄聽之。昨華瞻聽周總理報告，有幾點很可看出風向：(1)某處參觀者入內必先入致敬亭向主席致敬，今取消此亭。(2)每家只准掛一個像，不可多掛。(3)出版物太單調，應多樣些。(4)樣板戲之外，別的好戲也可演。(5)不可說文革造成「翻天覆地」的變化，應說「重大」的變化。還有其他。出版物太單調，誰敢再出書呢？

聯娘又從秋姐處聽到一事：有科學家（美留學生）在安徽勞改。美國教授屢次來信，此人不能覆。這教授最近來中國找他，當局即叫此人回上海，供給他小洋房、小包車、廚師，替他做新衣。然後叫那美國人去訪他——我不敢相信。後來別人也來報告我，大同小異。可知無風不起浪，必有根據。聽說此美國人回去，宣傳中國人對知識分子非常優待，以前聽到的都是謠言云云。但這種話，我都不敢確信，何必如此呢？

小羽現在站在我面前，頭和桌子一樣高。

今日夏至，肺病人最怕二至二分，但我不覺疲勞，可見肺病已好。但昨天一醫生來訪，說我肺曾有空洞，夏至邊要千萬當心。所以我每天除早上寫寫之外，其餘都是「掩重門淺醉閒眠」。三餐胃口還好，常吃火腿。近又吃啤酒。

明日是閏五月初一。今年兩個端陽。

父字

〔一九七一年〕六月廿二日上午〔上海〕

一〇〇

新枚：

我新作二畫，附此信內，可加入「敝帚自珍」中，得六十二幅。你看《舊聞選譯》，說一則以喜，一則以懼。其實不須懼也。我早上精神甚好，最怕沒事做。這證明我身體好，TB已好起來。那《往事瑣記》，既不便寄，將來交給你可也。現已記得差不多，可說的往事，大都已記出了。昨日我忽然想起一件工作，是極有意義的，佛教中有一重要著作，叫做《大乘起信論》，是馬鳴王（印度人）菩薩所著。日本人詳加註解，使人便於理解。我當年讀此書受感動，因而信奉佛教。此書原存緣緣堂，火燒前幾天，茂春姑夫[註一]去搶出一網籃書，那《二十五史》及此書皆在內。前年抄家，《二十五史》幸而被張逸心借去，沒有被拿走[註二]。此書亦幸而存在。真乃兩次虎口餘生，彷彿有神佛保佑，有意要留給我翻譯的。今擬每日早晨譯若干。全用繁體字。將來交廣洽法師用匿名出版，對佛法實有極大的功德。此事比《瑣記》等有意義得多。此信看後毀棄。

寶姐昨來言，要整黨了，「五七」幹校看來就要結束云云。阿姐工作派在何處，天曉得。你給阿姐信，我看了。不放佩紅調石家莊，也好，你們可來探親，久別如新婚。我的工資肯定會還我，存款也一定還我（曹永秀言，賀天健的存款已解凍）。所以我的經濟不成問題，你們自費探親，都算我。橫豎我的錢是失而復得的，好比倘來之物。且以後每月二百二十元，也用不完。最近，我加了阿英媽五元[註三]，本來廿二元，此月起給廿七元。此人很jia[註四]，口上說不要錢，其實最看重錢，加後，工作着實起勁了，每餐要問我愛吃甚麼。本來不是她做的事，如倒夜壺，舀面盆水等，現在她自動地來做了。這五元很見效。事實，原應該

註一：茂春姑夫，蔣茂春（一九〇三—一九三九），豐子愷之妹雪雪的丈夫。

註二：不知何故，《二十五史》後來流落到上海舊書店，由豐子愷後人購回，送到重建的豐子愷故居緣緣堂中陳列。

註三：事實上，直到一九七二年十二月底才宣佈「解放」，而且工資只恢復到一百五十元。但他自己未加，卻先加了女工工資，加後再函幹校幼女一吟。無奈，所加工資由長女陳寶暗中補足。

註四：jia，土話之譯音，意即能幹，此處指精明。

加她了。因為阿施去了（本來每月十五元，半天，今此人回鄉去了），菊文不入託兒所，她當然忙點。阿姐也贊成我加，說這是我自己恢復工資之預兆。她也形而上起來了。新亞的手指，到底裝不牢，現在還病假在家。咬生的女人悔約了，真豈有此理。咬生已三十五了，趕快另擇對象吧。

父字

（一九七一年）六月廿七晨（上海）

一〇一

新枚：

前日發信，今又發此信，為的是二事：（一）我譯《大乘起信論》，來信勿提及。因母看後向人傳達，凡事往往不得要領，把次要當作首要，而首要反忽略了，或歪曲了。且此事我也只讓你一人知，不告別人。（二）阿英媽加薪，你來信勿提及……

上海大熱，正午三十四度，我每日飲啤酒一瓶，內加三分紹興酒。我飲食很當心，決不會生病。「慎言節飲食，知足勝不祥。」

新作「竹几一燈人做夢」，我很歡喜，又作一小幅，也寄給你。

日本人的信封，真有意思，封口處毛邊，封後揭不開。寄你一張玩玩，家中有很多。

父字

（一九七一年）六月廿八日上午（上海）

「君子防未然」之詩，名曰《古群行》[38]，不知作者。

一〇二

新枚：

你做色拉的信收到。今有好消息：老孫（送信的人）來，送一封信，是畫院領導來的，內有十幾個問題要我答覆，即以前大字報所揭發的種種放毒罪行，例如《桃花一枝當兩枝》《炮彈作花瓶》《有頭有尾》，「護生畫」，宣傳反戰，宣傳人性論等。信上注明，只要簡單。老孫說，這樣就結束了。又說：要「還你的錢有一萬多」〔註〕。又報告我許多情況：唐雲每月本來一百四十元，後來給他六十元，現全部還他，他不受，要上繳，不許，終於受了。程亞君亦如是，他要充作黨費（程是黨員），不許，也受了。有一畫師叫 x x x，犯腐化罪（父女通姦），坐牢監三個月，現在放出來，仍給他八十元（畫師一律八十元，他後來五十元，今復舊）。又，現在凡年老體弱的，都只到上午半天。有好幾個人，根本不到。有一女畫師李秋君，病死了。老孫自己嘆苦，今年六十二歲，工資只四十九元（看門的老賈有八十，是別處調來的，工資照舊），其妻有病，倘退休，只得三十餘元，不夠用，又說他的工作（聽差）是三百六十行。

我準備日內作彙報送去，這就算脫罪了。我譯《大乘》，今是第五天。得此好消息，乃佛力加庇。

聯娘今日來，說小羽健好，不過三樓太熱，有三十六度，南、青二人今午上車赴北京，要二十多天回來，南說到京後寫信給你。

父字

〔一九七一年〕七月三日〔上海〕

註：抄家抄去僅六千多，一萬多是加了利息。

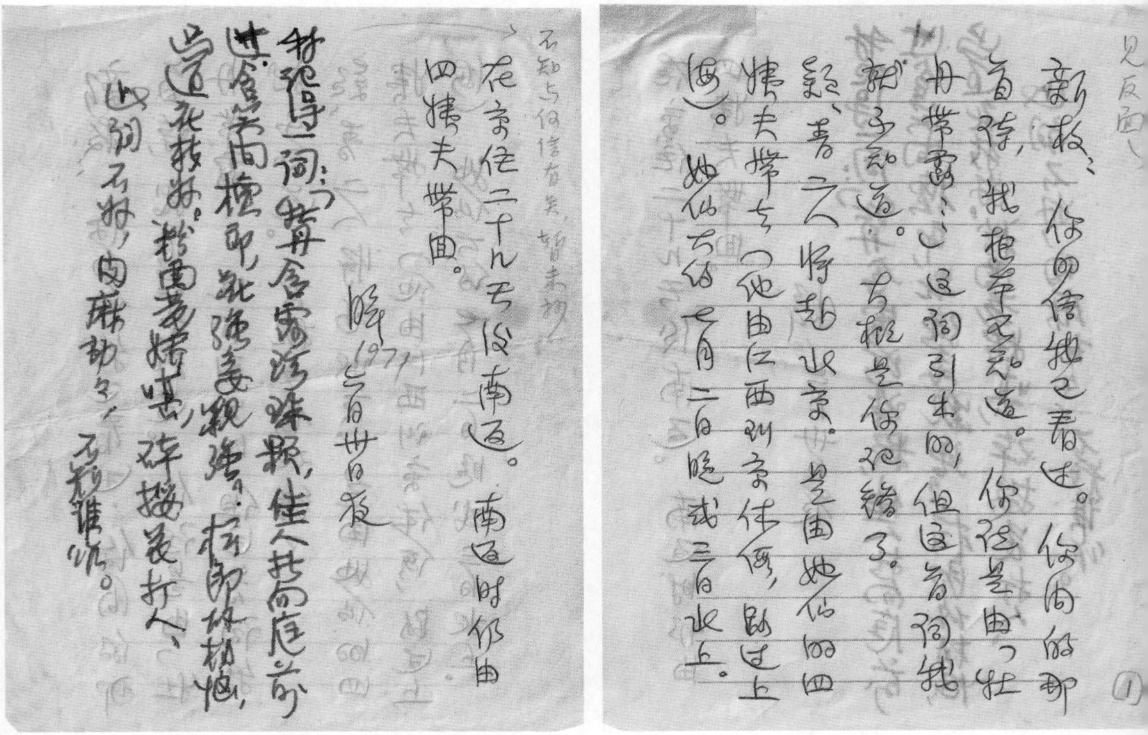

新枚：你的信我已看過。你問的那
首詞，我想不必知道。你說是由「牡
丹帶露」這詞引出的，但這首詞我
就不知道。大概是你記錯了。
録、書二人將赴北京。是由她們的四
姨夫帶去。他由江西到京任職，路過上
海。她們大約七月二日晚或三日北上。

見反面

(1)

不知上次信有失，皆未收到

在京住二十九天後南返。南返時仍由
四姨夫帶回。

晚 1971 六月廿日夜

我抄得一詞：牡丹含露珍珠顆，佳人折向庭前
過。含笑問檀郎，花強妾貌強。檀郎故相惱，
剛道花枝好。一面發嬌嗔，碎挼花打人。
此詞不壞，肉麻動人。 不盡雜作

一〇三

新枚：

阿姐昨日來。住五天再下鄉。大約下次上來，可以派工作了。然不一定。七月五日我把總檢討送去，大約不久可以解決問題，獲得退款。然凡事拖拉，也許還有若干時間，但不會太久了，因為他們已在算賬了。

華瞻要你函授電燈裝法，可以嗎？……阿英媽回鄉去，請假三天，阿姐在此，我們主要是到外面買來吃，故亦無妨。餘事後談。

父字

〔一九七一年〕七月八日〔上海〕

昨小暑〔註〕，大雨，氣溫降至廿八度，很爽快。

註：一九七一年小暑為七月八日，可見此行附註寫於七月九日。

一〇四

新枚：

今日（七月十三）去看病，透視報告，照舊。約定十月十四再去看，給藥三個月量。「衰年病肺惟高枕」，大約老人患肺病只要高枕而臥就好了。我自覺除肺外，百體皆健。語云「抱病延年」，因病，多休息，反而可以延年。

寶姐言，雖有「三還」消息，恐實行須拖延至國慶。因有許多頭面人物（巴金等）還在鬥批。我已等了多年，再等也不在乎。病人本來叫做 patient〔註〕，是最會忍耐的。反正不會拖得很久了。

註：英文，此詞作名詞解釋為「病人」，作形容詞解釋為「忍耐的」。

阿姐今晨下鄉。她與寶姐，都希望你夫妻調攏。也有道理。聯娘管小羽，當然吃力，但因真心愛他，不覺得苦。

上次給你信，說及「譯《大乘》」，此信須毀去，勿保留。此信也毀去。

父字

（一九七一年）七月十三午（上海）

一〇五

新枚：

「日出江花紅勝火，春來江水綠如藍。」「心事莫將和淚說，風笙休向淚時吹。」[39]此重複乃故意強調，不能指為疵。「宮殿風微燕雀高」，我也有同感，也是在故宮中感到的，可見好詩從生活中來，千古不朽。近忽憶某人句：「紅窗睡重不聞鶯。」此重字亦妙。英語有sound sleep（熟睡），有否heavy（重，昏昏）sleep？又憶曼殊譯拜輪（拜倫）詩：「婀婀雅典女[40]，去去傷離別。還儂肺與肝，為君久摧折……」原文是："Maid of Athens, farewell to thee, Give, oh, give back my heart..."[41]譯得甚佳。有《曼殊大師全集》是我題簽的，在華瞻處，他日叫他拿來寄給你。胡治均拿來《彩色子愷漫畫》一冊，又我有《往事瑣記》一冊，想寄給你，怕不方便，寄你家中好，還是寄車間好？下次來信答我。

前日畫院書法家胡問遂來（據說現在人與人關係正常化了，所以他敢來訪我）。他是前些時解放的，告我種種情況，並送我一罐雙喜香煙（三元）、一罐出口綠茶。因他欠我十三元，大約想以此抵償（此人生活不裕）。據說，我屬中央，由「康辦」（即康平路革委辦事處）管理。「康辦」已通知畫院算賬，宣佈解放後即還我款項及電視等物。他說不久會定奪，但不知久到何時，反正不會太久，我也不會盼望。現在我打算等阿姐派定工作後，即要求調房屋，遷居到公寓式房屋中，一門關進，可以安靜些。還款收到後，我要分配一部份給你與阿姐，我橫豎有每月二百二十元〔註一〕，餘款無用了。所以，你與咬毛探親，盡可自費，每次區區百元耳。你可快叫咬毛到石家莊當教師，日後之事，不可預料，「吃一節，剝一節」可也。有人勸我，將來可要求將你調上海，因你筆譯口譯皆能，上海用得着。此言不一定過分，也許能成事實，未可知也。我身體甚好，肺已入吸收好轉期，在家日飲啤酒，早上研習哲學〔註二〕（已成五分之一，已給朱幼蘭拿去看），真能自得其樂。

前日來的胡問遂是沈尹默的學生。言沈已於上月逝世，八十九歲。可見現在長壽者多。

尼克松訪華後，中美關係勢必加密，上海英譯必多需要。故那人言調你來滬，並非空中畫影，有希望也。來信勿言經濟事，因信大家要看，我不願大家知道。

愷

（一九七一年）七月廿二上午（上海）

註一：事實上工資只恢復到一百五十元。

註二：指《大乘起信論新釋》的翻譯。

一〇六

新枚：

又新作一畫《春在賣花聲裏》，今附給你，加入「敝帚」中。

七月三日老孫來後，接着又來一書法家胡問遂，所言與老孫同，並言電視亦將還我，又説已確定為一批二養云云。不知前信有否告訴你，但至今又消息沉沉，不知究竟何時解決也。我熱中於我的早晨工作，亦不心焦。聽其何日解決，無所不可也。

上海又大熱，今日早上就是三十二度，即華氏九十度，正午三十五度。送南穎等到北京的四姨夫昨回來，但沒有帶南、青回來，她們愛北京，欲再住廿多天（八月廿日回來）才找便人帶回，故近來家中甚清閒。我日飲啤酒。

父字

（一九七一年）七月卅日（上海）

阿姐在鄉，翻譯俄文小說（毒草），不知何用。大約她將來可指派出版單位，仍操舊業，也是好的。

一〇七

新枚：

講一女人見鬼的信，昨收到。但你說有《菩薩蠻》的信，我記不起。中國文學的確偉大，世無其匹。今寄你日本和歌四首，你看，他們這種詩，實在無味。比起我們的絕詩、詞曲來，不成其為詩也。

我們都健。氣溫昨起降低，至二十八度，立秋到了（星期日）。阿姐因從事翻譯，恩賜早一日返家，共六日，立秋後一天再下鄉。社會風氣已把你的習性磨成圓球（棱角全無了），對世事無可無不可（關於綸的事，成不成皆可）。但看樣子，綸是即將與你團聚無疑。你們團聚後無探親假，可自費來滬，費用算我。小羽病，打了十幾針，已好全。廣洽法師無端寄我四十元，我給小明十元，小羽十元，和尚的錢買物吃了健康。

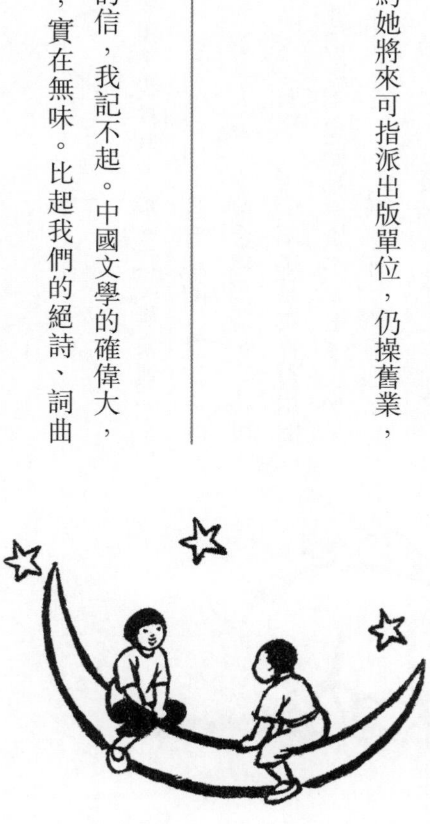

「紅窗睡重不聞鶯」，上句是「彩索身輕常趁燕」[42]。蘇東坡只能高喊「大江東去」「明月幾時有」，此種細膩的詞做不像。

父字

〔一九七一年〕八月六日〔上海〕

一〇八

新枚：

聞寶姐言，你拒絕我的金錢分贈，甚至情願不來探親，我甚為不樂。我錢雖未到手，但肯定是要到手的。我無所用，你與阿姐兩家收入最少，我分贈你們，是有理的，豈知你的頭腦頑固，一至於此。須知新時代與舊時代，經濟兩字的意義大變。從前金錢萬能，有錢可使鬼推磨，一分錢，一分貨。現在不然了。為人主要是為人民服務，工資不過是買物暫用的籌碼。時代趨向共產，廢止金錢，但一時不能廢止，因此情況不免歷亂。資本家退休後每月還收二百多元，老技工辛勤工作，只得六十元，要維持六口之家……此等實例，到處可找。這證明金錢的意義與舊時大異。一家之人，或親朋之間互通有無，截長補短，也是調劑之一道，而你把錢看得太重，違背我意，實在是不孝順了。望你立刻改變思想，順我意旨，對我是莫大的慰安。你只要接受我此信之言，不必覆信。不覆便是接受。

小羽昨日來，病早已好，打了廿多針。稍瘦了些，但身體長了，重廿二斤。文彥昨日也抱了他的寵子來此，我送了他八幅畫，冬天用熱水瓶盛酒的一幅畫（《勸君更盡一杯酒》）也在內。他告訴我許多「三還」的實例。他安慰我，說他再見我時，一定一切定當，阿姐的

工作也決定了。阿姐近從事翻譯俄文小說（毒草），對她前程有利，能重操舊業，畢竟便利。她說有領導人問她日文能譯否。她其實在文革開始前數日在譯日文，限定六月十五交稿，而六月初文革忽起，事遂作廢。她現在不難重溫。所以我勸她以後有人問，不妨答以此事實，表示能譯，好在我健在，可作她後台，幫助她重溫，接我衣鉢（照你那樣的廉潔，恐怕連這種幫助也不肯受？一笑）。

福建那個周瑞光昨天也來，送我桂圓一包。入門見我，即合掌下跪。真是個極少有的佛教徒。我送了他些字畫。他說在鄉當小學教師，每月只二十元，此次旅遊上海、南京、蘇州，全靠他哥哥幫他，哥哥在虹口某工廠工作。

你說那《菩薩蠻》，是否「牡丹含露珍珠顆，佳人摘向庭前過……」[43]那首？此詞肉麻，我不喜愛。我前信批評蘇東坡，說他只能高叫「大江東去」，不宜描寫細緻景物。此言太過了。那「明月幾時有」是好的。「彩索身輕常趁燕[44]，紅窗睡重不聞鶯，困人天氣近清明」，首句造得不好。

父字

〔一九七一年〕八月八日〔上海〕

一〇九

新枚：

讀辛稼軒詞，發見一畫《西風梨棗山園》，可入「敝帚」中，成六十四幅。

餘無事。

父字

〔一九七一年〕八月十一〔上海〕

一一〇

新枚：

兩信同時到。寄址既無着，那末有書寄何處？望續告，胡治均有《水滸》，三樓有《鏡花緣》，《三國》則沒有。

詈音荔，罵也。《離騷》「女嬃之嬋媛兮，申申其詈予曰」。胡治均送我一部舊《辭海》，我很得用。待「三還」時，我的大《辭海》還了我，可將此《辭海》寄給你。

你上次信言夢中詩，早收到，因不解其意，故不曾覆你。詩中兩句「冉冉」開頭，但不解何意，太晦了。

小羽已健好。

父字

〔一九七一年〕八月十一日〔上海〕

上午發一信，內有畫《西風梨棗山園》。

一一一

新枚：

癡人說夢的信，昨收到。我做夢，七搭八搭，沒有像你那樣頭頭是道。只有前天一夢，某人自殺，醒來聽說真有其事。怪哉。其人是金仲華〔註〕也。

庭院深深深幾許。夜夜夜深聞子規。日日日斜空醉歸。更更更漏月明中。樹樹樹頭聞曉鶯。家家家業盡成灰。此三字連用，與你說的又另是一式。

咬毛當工廠教師，我們都贊成。你快取得本人同意，早日實行。母看了你信，說你多能，塞在暗中，真不犯着，蓋有懷才不遇之意。但今日但求為人民服務，不在個人立身揚名。故無可說。

上海連日三十六度，熱昏了，幸大家康健。我日飲啤酒一二瓶，香片茶（每兩五角）很殺渴，碧螺春（八角）我嫌淡。語云：煙頭茶尾。茶第二開最好吃。

尼克松欲訪中國，周總理表示歡迎。美將放棄台灣。此等消息，你亦必聞知。「亂世風雲變態新」。

父字

〔一九七一年八月〕十七上午〔上海〕

胡治均給我一冊舊《辭海》，很得用。無鹽確有二個，一是齊之醜女，一是無鹽王后。此書將來給你用。

註：金仲華（一九〇七—一九六八），浙江桐鄉人，國際問題專家、社會活動家。抗戰時期任《世界知識》主編，新中國成立後曾任上海市副市長。

一一二

新枚：

近日岑寂無事。二女孩尚未回滬，須月底回來，故家中清靜。華瞻聽長報告（周總理的），言最近號召注重業務。因中學生字都寫不清楚，笑話百出。故今後學校上午必須上課，停課必須得上級批准。此所謂物極必反歟？有笑話，有中學三年生寫信給其母，稱「親愛的狼」，娘字寫作狼字。又有人請假信上說：「家父亡，請假半天。」原來是「家務忙，請假半天」。「因半導體發炎，請假」，原來是「扁桃腺發炎」。此類笑話甚多，聽說，上海當局將此種事例報告中央，因此作此報告。

今夏天甚熱，九十度以上，我身體健好，飲食照舊。母亦健，眼甚好，能寫信。

父字

〔一九七一年〕八月十九晨〔上海〕

一一三

新枚：

近又作《昨日豆花》〔註一〕一幅，可加入「敝帚」中。此間有一新聞，甚可注意。敘述如下：

有一善女人，在電車中，見一扒手摸另一人之袋。此善女人喊道：「當心扒手。」另一人警覺，扒手失敗。此善女人下車，扒手尾之，至其家，認明門戶。過了幾小時，扒手來

註一：此畫題全稱為：昨日豆花棚下過，忽然迎面好風吹，獨自立多時。

找此善女人，要向她借兩個電燈泡。善女人不在家，扒手對其家人說，叫她準備，等一會來拿。善女人之夫是派出所工作人員，夜歸，述及此事。其夫曰，你今天必得罪了人。善女人想不出。丈夫說：「借燈泡就是要挖你的兩眼。此乃江湖上切口，唯我知之。素不相識之人，無端地向你借燈泡，豈有此事。今必須戒備了。」於是向派出所叫了些人來，等候此扒手。扒手果然來了，就被捉住，送派出所，於身上搜出匕首。現在拘禁中。此故事說明盜匪還多，不得不防。今雖拘禁，但日後放出來，他仍記毒，對此善女人不利。又說明：見人被扒，還是不管的好。一片好心，害了自己。但此言總不足為訓。做人真難。

《昨日豆花棚下過，忽然迎面好風吹》乃六二年作〔註二〕。文革初，有人寫大字報，說此畫表示歡迎蔣匪幫反攻大陸。「好風」者，好消息也。可笑。

〔一九七一年〕八月廿一晨〔上海〕

註二：實係一九四六年所作。

關於中學生寫白字，又有二笑話，一人寫信到家，說「哥哥上吊了」。其實是從鄉下調回上海，上調也。又一人下鄉，寫信來說：「上午鬥了一會，下午勞動。」原來是上午兜了個圈子看看鄉下景物。從前作威作福的小將，現在大都派出工作，拿四十元一月的工資。他們有一句話，叫做「拿籃頭拎水」，當初看見籃中滿滿是水，非常得意，及至提起籃來，一點水也沒有。

一一四

新枚：

你吃兔子肉的信，昨日到。我們正在盼望，說你好久無信了。說完信便到。

好毛調石之事有望，甚好。阿姐九月二日返家，還要去，不知何時派工作。為時必不久了，因教師已派出，她不當教師，甚幸。看來是本行（出版）。最好，駕輕就熟，入了編內，工資一定會調整。

你的事，阿姐的事，我的事，都遲遲不解決，但肯定大家就要解決。看誰先。春節能得你們雙雙來探親，最好。

我身體甚好，步行也復舊了，但仍不出門。晨三四點起身，弄我的哲學。朱幼蘭經常來，就為此哲學。胡治均每星期日來便午飯，必帶青浦西瓜來。今後西瓜沒有了。

「枯藤老樹昏鴉，小橋流水人家，古道西風瘦馬，夕陽西下，斷腸人在天涯。」舊有此畫，不中意。近正在重新構圖，稍緩時就可寄給你。

南、青前日從北京回來，人長了些，做事勤謹了些。菊文有二姐管看，母少煩了。小羽誤吃一杯酸梅酒，上口甜蜜，後來面孔通紅，大發酒瘋。

母眼很好，能做針線工作，寫信。

父字

〔一九七一年〕八月廿六晨〔上海〕

華瞻言，那書既不便寄，可於你將來探親時帶來，他不急於要用。

一一五

新枚：

又得二幅，共六十七幅了。前寄《西風梨棗山園》一幅，下次有信便中寄回，我要加幾筆，再寄與你。

餘無事。

（一九七一年）八月卅上午 父字

一一六

新枚：

講《後水滸》的信昨收到。此書名《蕩寇志》〔註一〕，乃反《水滸》，毫無好處。從前人也投機，見《水滸》銷場〔註二〕好，就造反《水滸》，見《三國志》銷場好，就造反《三國志》，説曹操多麼好，諸葛亮多麼笨。然沒有人要看。

阿姐昨日來，七日再下鄉，又弄翻譯工作，但未派定。諸事拖拉得久，但遲早總有一日定頭。好毛的檔案到後，當即調石。我每日七時上床，至遲八時入睡。四時起來，已睡八小時，不為少矣。四時人靜，寫作甚利。你説我筆跡比前健，我自已也認為如此。所以最近的畫實比往昔者為勝，你與胡治均，是最忠實的保管者。胡真對我有緣，多年前（你八九歲時）

註一：《蕩寇志》是中國清代小說家俞萬春對明代小說《水滸傳》的續寫，又稱《結水滸全傳》或《結水滸傳》。——編註

註二：銷場，即銷路。

就私淑我，他所藏我著作，比我自己所藏更多更全。文革初，曾被抄去，後還了他。故至今尚有。

近正作二畫：《漸入佳境》《一葉落知天下秋》，緩日寄你。餘後述。

父字

（一九七一年）九月三日（上海）

現已改用較大信封。

居移氣，養移體，說得很對。我一年半多以來，雖曰養病，生活實與南面王無異。精神舒暢，筆下健爽也。

阿姐告我：

△羅稷南[註三]患肺癌死。其妻提出要求：一、還抄家物資（三千多元，他解放已久，但迄未還）；二、給她派工作。前者照辦，後者叫她自己向里弄要求云。

△要翻譯世界各國史，共有數十國，用各種文翻譯。阿姐即擔任俄文方面的國史，此次下鄉即開始。別人都羨慕，有一技之長者，不須勞動。

△周谷城[註四]通外文，派他譯某國史，一萬字限七天完成。

……

△看到羅稷南例，我的錢不知何日還我（但各單位情形不同，未可概論），且須忍耐。我只要不上班（畫院老人都已不上班了），已是運氣。不要等候，總有一天定頭。

△「廿五史」加標點，已開始，顧頡剛主任云。

註三：羅稷南（一八九八—一九七一），雲南人，精通英語、俄語，曾任廈門大學校長。

註四：周谷城（一八九八—一九九六），湖南益陽人。歷史學家、教育家、社會活動家。復旦大學歷史系教授，著有《中國通史》《世界通史》等。

一一七

新枚：

等你來信，至今收到。《西風梨棗》一畫，加了一隻墜果，使那女孩不至空空張着衣兜。又，在地下加上淡墨綠，使牆及人腳顯著（註一）。如此而已。

今另寄《一葉落知天下秋》一幅。尚有數幅正在構圖中，我早上四時至七時寫作，其外淺醉閒眠，你何以知道我白天作畫？大約前星期日下午有二人來外調錢君匋，我正在寫毛主席詩（是有一人索的）。華瞻看見，誡我以後白天勿寫，大約是他告知的吧。

朱幼蘭來言，工資調整，是原工資打八折，加十八元。九十元者不動：90×0.8+18=90，例如你，五十二元，則為52×0.8+18=59.6元，餘例推。但不知是否全國如此，又不知何時實行。

好毛檔案事，如此麻煩，真想不到。總之，現在諸事拖延。我已慣了，不去等它，遲早總有解決。

父字

〔一九七一年〕九月十一下午〔上海〕

華瞻言：台灣近日人心惶惶。大富人遷美國去，小富人遷香港去，窮人聽天由命。大家賣房子，賣傢具，有山雨欲來風滿樓之勢。大地風雲變態新，戲文有得看看。

昨日下午有兩青年喊上來「豐老先生在家麼？」我正睡着。原來是兩個復旦學生，來問我一事：四十多年前出版的一種雜誌，名叫《絜茜》，是黃色刊物，問我知道其編者何在。

註一：前有信囑新枚將此畫寄回修改，故有此語。

我不記得此刊，但見有「丁丁」名字，便答覆了他們，丁丁者，香港一文人也。此二人滿足而去。這些人吃了飯沒事做。

昨琴琴〔註二〕替我買蟹來，此乃最早之蟹。十隻（一元），我吃了一大半。

一一八

昨（十三）去看病，照舊。休假九十天之內，一定諸事都解決了。

以後來信，用「語錄」二字代「畫」字，因此間別人不知我寄你這許多畫，我勿願他們知道。

針寄你若干枚。

過去寄你的「語錄」，已超過七十餘幅，那序文將來要改。因尚有新的「語錄」續作。

寒來暑往，此間日中十七度。

聞畫院中老人大多上半天班，或全不上班。我將來一定不須再去上班。只要去看病，照例給假三個月也。

胡治均每星期來，讀《論語》、《孟子》，向我問難。此人……酷愛文藝，與我有特殊緣也。

蟹已吃過二三次。我近胃口不良，昨醫生給我開胃藥，今後可好轉。

此種信應毀棄，勿保留。

（一九七一年十月）十四日破曉（上海）

註二：琴琴，女工英娥的外甥女。

一一九

新枚：

廣洽師寄我五十元，我分二十元給你，和尚之錢買物吃了健康。昨交朱幼蘭匯出，想可收到。

日內有新加坡「中華總商會」代表陳光別到滬，廣洽師託他帶西洋參送我，他必來我家相訪。此人乃廈門大富人，在新加坡開「陳光別百貨公司」。昔年來滬，我在功德林設宴招待他。今則已無全席，我亦病中不招待了。我已寫好一聯送他：「光天化日龍吟細，別院微風鶴夢長。」此聯當勝於飲食招待。廣洽師說，他在世有二好友，一是我，一是此人。此人信佛甚虔。

你上次信說聽トロイメライ（Traumerai）（夢之曲），此曲纏綿悱惻，乃light music〔輕音樂〕中之light〔輕〕者。我年青時曾在バイオリン〔小提琴〕上拉奏，聽了可以使人昏昏入夢。此曲奏得越慢越好，曲題記號是Adagio〔柔板〕。

昨華瞻覆你信，想收到。此事〔註〕重大，不日將公開作報告，不知如何說法。

父字

〔一九七一年〕十月十九日下午〔上海〕

註：此事，指一九七一年九月十三日林彪「自我爆炸」事件。

一二〇

新枚：

你信怪我將此事告訴南穎、青青，其實，我們都在怪你。我們最早知此事，是你來的英語信，大家秘而不宣。接着，聯娘來，說你有中文信告他們（大家說你大膽）。他同母講，兩孩都聽見，向我問仔細，我約略告訴她們，並叮囑勿對人言。此後蔡姨婆〔註〕到銀行，聽見銀行裏的人在大聲談論；乘電車，電車裏的人也大聲談論。變成公開秘密，直到前天各單位作報告。

總之，你的信中是多疑之言。你不知此間情況也。

我守口如瓶，絕不會瞎談國家大事。

陳光別至今不來，不知何故。解放軍周加駸昨天來，送我木耳兩斤。此物此間難買，他是從黑龍江買來的。

父字

〔一九七一年十月〕卅一日上午〔上海〕

註：蔡姨婆，豐子愷之妻徐力民的表妹。此處係按孫輩稱呼。

一二一

恩狗、咬貓〔註〕：

你們團圓了，我很放心。不論遠近，不論工作如何，能團圓便好。所以我近來少寫信給你們。咬貓教英文，很好，可以邊教邊學。我依舊健康，官司至今沒有打完。好在我壽長，不妨再等它一年半載。吃酒每日一斤，煙十五支。吃得好，上海牌，新出的，每包 0.48 元。

註：因新枚乳名為恩狗，便相應地稱其妻為貓。

你們勸我少吸，很對。以後當盡量少吸。

小羽漸大了，能咿呀學語，前週阿珠患猩紅熱，小羽來此躲避，一星期，今已返。……

早上依舊寫作。附三紙望收藏。

（一九七一年）十二月廿三日，冬至。父字。

一二二

石家莊中藥店有否「六神丸」，便中去問。如有買些，放信中寄來，此丸比菜子更小，黑色，治嬰孩百病。近日小羽發燒，聯娘來索，家中原有十幾粒，遍覓不得，想已用去。今小羽已癒，買着備而不用也。此物中國特產，日本人來華，必買之以歸。以前供應多，每罈百粒，亦不過一元左右。今只要有貨，亦不貴。

（約一九七一年）

一二三

信昨收到。你能調電機學校搞外文，對你更適宜。不知可爭取否，倘此地不放，至少要給你房子。

「舉杯邀明月，對影成三人」，不能成畫（東坡言王維詩中有畫，瞎說！王維詩無可畫者），因此不是好詩句。「邀明月」，其人必對月，則影在背後，不能共飲也。凡我取作畫題者，皆佳句。

你們夫妻二人吃蹄髈，足見年青人胃口好。「食肉者鄙」[45]，何不吃雞？雞便宜。

昨（元旦）文彥夫妻來，送我蟹十隻（今年最後一次吃），油豆腐、豆腐乾、雞蛋。我送了他們四幅新畫。

阿姐卅日來，要住九天（小明很可愛，明年入小學了）。何日調上來，還不知道（還在翻譯）。你們團圓的事首先成功，阿姐與我都在後，但也不久了。

畫院的人，反而來問我，有否解決。原來我是美協主席，比畫院院長大，歸中央管，所以畫院無權給我定案（由此地康平路辦事處主管云）。

老孫來，說畫院中人都在畫山水花鳥，因尼克松來，到處要裝飾。我說「山水花鳥是毒草呀」，老孫答：「現在不毒了。」好笑。又說，老人都不去上班，在家作畫，照從前制度了。

……

昨車禍：兩節電車，斷脱了。前節管自開走，次節動力尚存，向前亂撞，一卡車司機粉身碎骨，幸無別人乘卡車。都會生活，真乃「一日風波十二時」。

（一九七二年一月二日，上海）

一二四

新枚、佩紅〔註〕：

此次診治，X光透視，無變化。照舊給三個月藥，七月十二再去看。

近日各方面（有三方面）向我報喜訊。大約不久可以打完牛皮官司（然而日期難說，我

註：佩紅已於一九七一年十二月調石家莊。

也不希望太早）。阿姐已在作各種具體計劃：關於還款的，關於房子的……再見你們時，情況恐大變了。

一個插曲：我去看病時，旁邊有一病客說：「此人姓名與上海一個大畫家完全相同。」寶姐向他笑笑，我也不說。大約我的樣子不像腔，他想這個人總不是大畫家。

餘後陳。

愷啟

〔一九七二年〕上巳〔四月十六日〕〔上海〕

（陰三月初三日上巳）

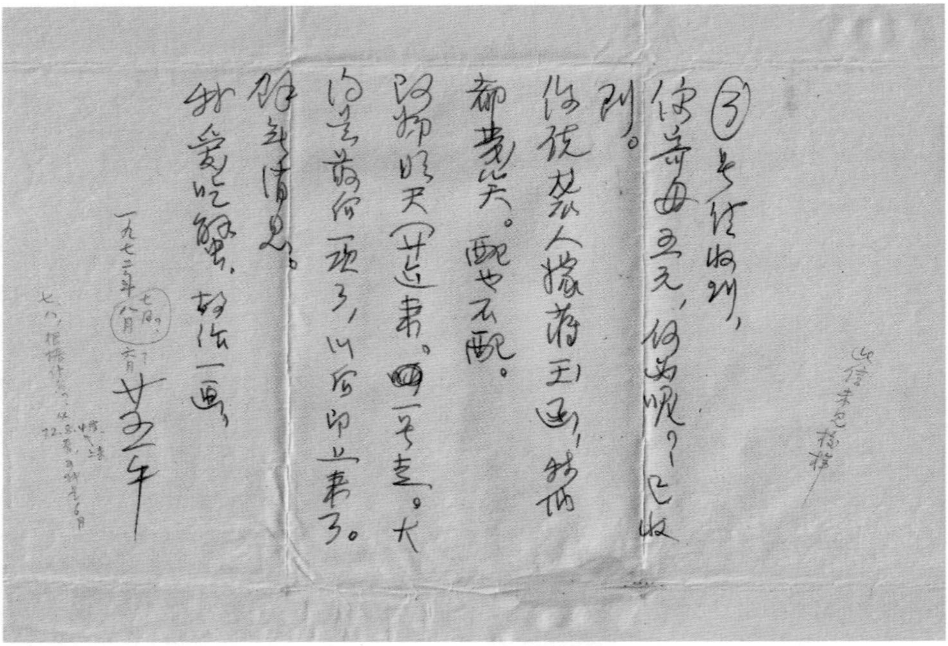

一二五

三號信收到。

你寄母五元，何必呢？已收到。

你說襲人嫁蔣玉函，我們都發笑。配也不配。

阿姊昨天（廿六）來，一號走。大約是最後一次了，以後即上來了。

餘無消息。

我愛吃蟹，故作一畫。

（一九七二年四月）二十五午

一二六

新枚：

此間一如平常，無可相告。外間盛傳「三還」（還房子，還工資，還抄家物資），但「只聞樓梯響，不見人上來。」拖延得真厲害。只有耐性等候。今日朱幼蘭來，談些近事，也不過如上述。他說我將有兩萬元可收入，姑妄聽之。寶姐昨言，巴金已得每月三百元云云。不知確否。

我身體很好，天天淺醉閒眠耳。

父字

〔一九七二年〕五月六日

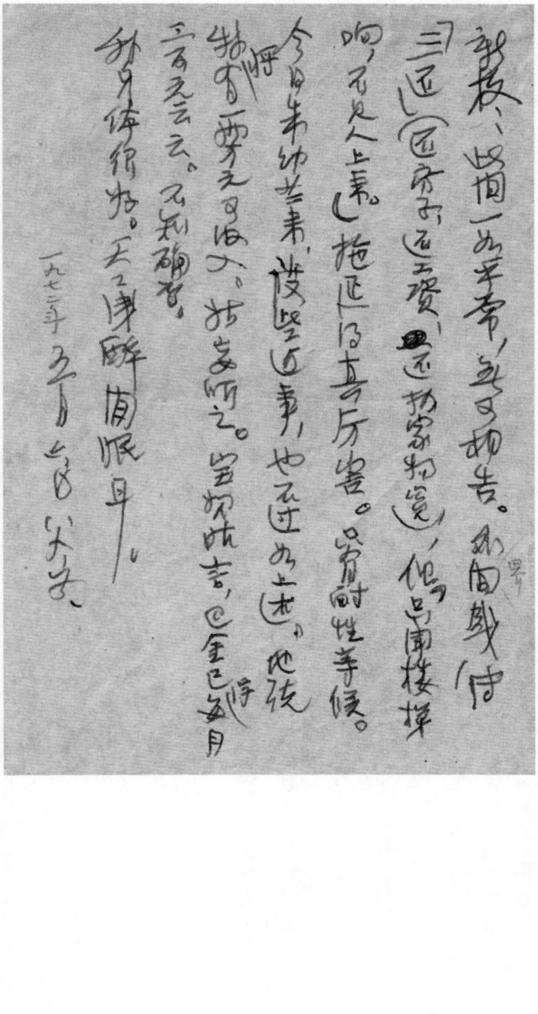

一二七

新枚、佩紅：

關於我的牛皮官司，各方喜訊都說得很確實，但是直到今天，只聞樓梯響，不見人下來，不知又要拖到甚麼時候。我想，左右總有一天要定奪，不去等它。我手頭工作很有興味，身體也很好。酒興照舊好。右腿漸好，不怕步行了。包裹昨收到（白藥和帶子，交給阿姐。桂圓兩個母親分食）。石橋香煙很好，另有一種氣味。太行也還好。我一直記掛小羽。家中沒有老人，苦了他，又苦了你們做父母的。最要緊的是小孩不要生病。

阿姐上來，也遙遙無期。但也是總有一天的。

此間清和四月，柳絮已盡。窗外一片綠蔭。我很盼望初秋到杭州去一下，到石家莊去一下。餘無話。

愷

〔一九七二年〕五月十九日〔上海〕

新枚、佩红、关于我的牛皮官司，各方来讯都说得很确实，
但直到今天，只闻楼梯响，不见人下来。不知又要拖到什么
时候。我想左右总有一天要定夺，不去管它。我手头工作
很有兴味，身体也很好。酒照旧好。右腿渐好，不拐也行了。
包裹衣服收到。白菜和带子，高给阿宝。桂圆[illegible]要母亲吃了。
不抽香烟很好，另有一种气味。太行也
还好。我一直记挂小羽。家中没有老人，苦了他，又苦了你们
做父母的。最要紧的是小孩不要生病。
阿姨上来，也随之来助。但[illegible]也是总有一天的。
此间清和四月，柳絮已尽。窗外一片绿阴
我很想要乘秋到杭州去一下，到石门湾去一下。但无信。

1972

五月十九日 恺、

此七信放73.5.29（石家庄邮戳）信封中，但署非73年5月的。
因73.3已去过杭州，所系1972年的？牛皮官司72年12月底结束。

一二八

新枚、佩紅：

我的官司至今沒有打完，無顏寫信給你們。目今萬事拖延，我也不在乎了。香港有讀者，無端寄我港幣一百元，即四十元二角。我分二十元給小羽買東西，另行匯出（你們切不可買東西回敬我，使我反而掃興）。

阿姐明天來，可住七八天，何日上來，也拖延着。母今天裹端午粽子，給阿姐小明吃。可惜不能寄給小羽。

文彥昨天來，談了很久。他患肝炎，病假在家。他家小孩宜冰，也是姨表兄妹生的，同你們一樣，也很健全。你們都運氣好。

你們從前不管孩子，自由自在，太寫意了。現在做父母，一定辛苦，但也一定另有樂趣。

我盼望官司打完，到杭州去，到石家莊去。現在好像有一根無形的繩子縛住我，不得自由走動。雖然我早上的工作很有興味（譯日本古典文學），總是單調。

我近來吃煙大減（日吸六七支），吃酒也換一種方式：同外國人一樣，把酒一氣吞下，取其醉的效果。因我不愛酒的味道，而喜歡酒的效果（醉）。

你（新枚）從前集七十句詩寄我，我今集了七十七句，附給你保存。現在我正在集五言句，豈知五言句比七言句難集，尚無成就呢。

愷字

〔一九七二年〕六月二日〔上海〕

一二九

恩狗：

來信中用許多外文，苦了母親。以後不要，好否？前信言香港讀者無端匯款來，因事甚疙瘩，所以不告訴你。你問起，我就詳告你：此人是我的私淑者，寄兩雙拖鞋來（每雙至多值一元），我出了四元六角關稅，他不好意思，便匯款來。這也近於無端。我已用字畫酬謝他了（他的信附給你看，不必寄還）。

咬貓暑假來探親，甚好。費用不成問題。到那時，牛皮官司諒必打完了。自從拖拉機入中國後，國內萬事都拖拉。阿姐何日上來，也音信全無呢，小羽再過一二年，管起來就不大費力了。你們要熬過這一二年。菊文不肯進託兒所，父母太寵……竟吵得可以。我「不癡不聾，不作壓家翁」〔註〕，也不勉強他們。我近日每天飲啤酒一瓶半（每瓶三角三分）。香煙是最高級的，有嘴的上海牌，每包五角。附二支給你嘗嘗。

房管處忽然將我們房租減少二元餘，本來廿七元餘，今後只要付廿五元。並且說：「房子慢慢替你們安排。」不知何意，也許不久我們可以遷地為良了。

西郊公園有父母二人要小孩（二三歲）同河馬拍照，河馬把小孩吃掉了。真是怪事。

明日端午，今天我房中廿三度，前天最高三十度。我每天譯日本千年前古典文學，甚有興味。

愷字

（一九七二年六月十六日，上海）

註：原為「不癡不聾，不做家翁」，語出《資治通鑒》第二百二十四卷。意思是不癡不聾，當不了家長，寓意難得糊塗。

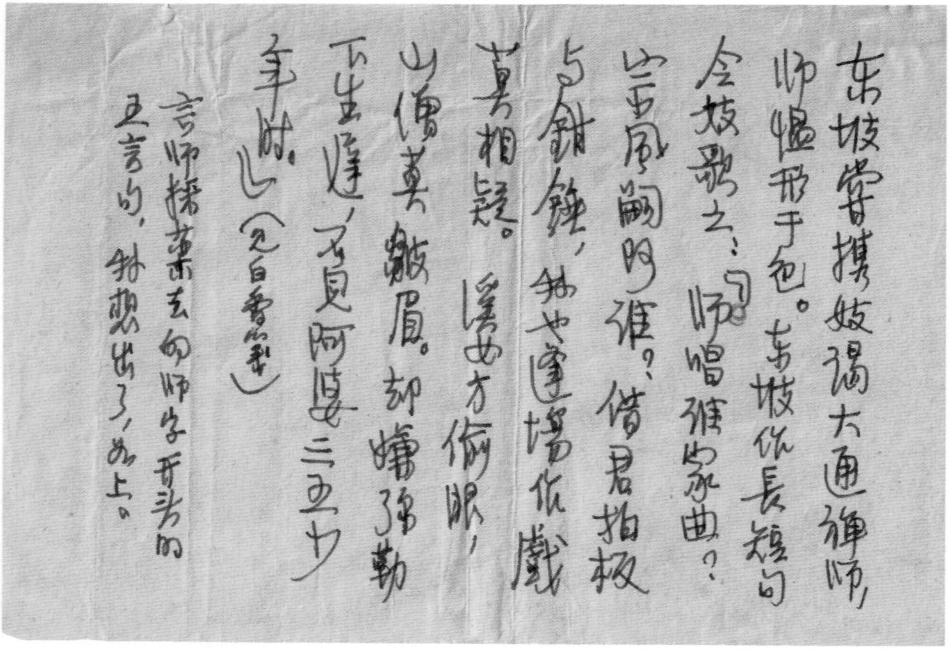
东坡尝携妓谒大通禅师，师愠形于色。东坡作长短句令妓歌之：「师唱谁家曲？宗风嗣阿谁？借君拍板与门锤，我也逢场作戏莫相疑。溪女方偷眼，山僧莫皱眉。却嫌弥勒下生迟，不见阿婆三五少年时。」（见白香词谱）

言师采药去的师字开头的五言句，我想出了，如上。

一三〇

新枚：

「言師採藥去」，「師」字開頭的句子，的確想不出。「結伴遊黃山」之詩，下文如何，我自己也記不起了。此君提出，他大概知道的（從前大約在某報發表過）。沒甚意味的。

華瞻言，印度大熱，達四十五度，人畜死者無數，開水賣五元一杯。

又言：汪小玲拿十磅熱水瓶，跌了一交，右臂骨折，正上石膏。汪在復旦教德文云，身體大如牛。

今次來信不曾提及小羽，想來很好。希望好毛能帶他來探親。餘後述。

〔一九七二年〕七月二日〔上海〕

東坡嘗攜妓謁大通禪師，師慍形於色。東坡作長短句令妓歌云：「師唱誰家曲？宗風嗣阿誰？借君拍板與鉗錘，我也逢場作戲莫相疑。溪女方偷眼，山僧莫皺眉。卻嫌彌勒下生遲，不見阿婆三五少年時。」（見《白香箋》）[46]

言師採藥去的師字開頭的五言句，我想出了，如上。

一三二

新枚：

好貓大約已回石了？小羽入京，必多快樂。你不肯教英文，也罷。我意，教也不妨，今後不會再有人作怪。風向大體上漸漸右轉，業務要注重了。

你的字，實在太潦草，教人難於認識。此後對外人，應該寫得工整些，此乃給人第一印象。看信費力，第一印象就不好了，多少會影響事情。

李叔同先生詩詞，我都記得。另紙寫給你。畫一共一百三十八幅，從此要告段落，今後是否再畫，不得而知了。

我最近早上翻譯日本古典物語，很有興味。因此幽居小樓，不覺沉悶。日飲啤酒二瓶，高級煙十餘支，自得其樂。

今天是八月四日，一年前七月三日，畫院老孫來，給我一信，內有十幾個問題，要我答覆。老孫說：「簡單回答些，問題就解決。有一萬多元要還你，利上滾利的。」後來，市革委也有一女人來，口頭問我幾個問題，特別指出我歌頌新中國的作品。後來阿仙和民望都來報喜，說可靠消息，我是意識形態問題，毫無政歷問題，故不久可無事解放。豈知直到今天，還是杳無音信。可見拖延得厲害。我已下定決心，從此不再等候，聽便可也。好在我有豐富的精神生活，足以抵抗。病假兩年半以來，筆下產生了不少東西，真是因禍得福。

張逸心做夢，來滬住了十幾天，住在朋友家，常到我家便飯，他本來是中華書局館外編輯，每月交稿一次（關於戲曲的），得薪五十元，文革後即停止了。他想恢復，東奔西走，一無着落，看來無希望了。他已六十五歲，飯量很好，也許還有好日子。目下兒子（住在石灣）每月送他十七元，勉強度日。他愛吃酒，用燒酒，加一半水，聊以過癮，可憐。我請他吃紹興酒，他說是享福。

聯阿娘說，邵遠貞寫信與李先念，替你叫屈，說你因我關係，遠放在石家莊，應該出來北京上海當譯員。此女如此肯管閒事，倒也想不到。好貓必知其詳。

邱祖銘已於我入病院前一個多月死去。其妻不久亦死。二子（雙胞胎）情況不明。

曹辛漢尚不知消息，看來也不在了？

阿姐、小明，今日來，五天再下去，已在尋房子，大約下次是「大上來」〔註〕了。

父字

〔一九七二年〕八月四日〔上海〕

註：「大上來」，意即上來後不再下鄉了。

①
永枚：好猫大的已回去了，小的入来，更多快乐。
你不必自我蔑也罢。我意，发也不好，今也不会
再有人作怪。风向大体正斜之右时，业务要注
意了。
你的字，实是大潦草，教人难于认识。此后对外
人，要该写得工整些，此乃信人第一印象。
像你书有信势力，第一印象就不好了，多少
会影响事情。
来函问及诗词，我都记得，当代写给你。
画一些闲情，从此要告段落，今后要改所画，不
得而知了。
我最近早上翻阅日本古典翰语，很有兴味。因
此出房出楼不觉泄闷。白饮啤酒二瓶，香烟
十数支，自得其乐。
今天是八月四日。一年前，七月二十，画院老孙来，
给我一信，内有十几个问题，要我答复。老孙说：
「简单回答些，问题就解决。有一着要立要保证，
利上添利的」。后来，市革会也有一些人来，只来问
我几个问题，我将我揭出我谬论影响中国的结论。
此来问你和民主都来搞，传我不无消息；
我是高潮形势的问题，要毛主席政府问题，故不久
可等事躲来。当是知道到今天还是杳无音信。
可见拖延得很厉害。我已下定决心，从此不
再[redacted]等候，听候其他。我其钱有串当

②
好猫精神要强，要能抵抗。你病两年半以来，
笔下产出了不少东西，真是因祸得福。
张逸心做着，来信说了十几天，住在朋友家；
常到我们处来便饭。他本来是中华书局编外
编辑，每月支稿一次（周平对曲的），得薪50元，
每年或即停止了。他现在在东四事东巷，一室
看书。最近来他那里了。他住在石碑胡同，他已以出版，继量
很好，也许还有好日子。每星期日，儿子每月送他们元，
免得度日。他爱吃酒，用煲酒，加一半水，聊
以过瘾，其情。我请他吃绍兴酒，[redacted]
他说是喜福。
附问候候：郁风贞写信与李光先，替你
叫屈，请你回给笔字，医救生命，当无该
出来北京上海当保员。此如此尚能肯
来到也想不到。好猫也能其详。
郭沫已转给了病院，前一个多月还见其息
不久去死。二子（双胞胎）逝了不治。
曾学演当不知消息，看来也不在了？
阿乐小时，今日来，且天一段宁去，也要在学
序子，[redacted]大约下次是下午来过了。
1972年 光宇 八月 四日

一三二

新枚：

……

來信提及《秋興八首》，我嫌其太工巧，少有性靈表現。古人云：「李杜文章萬口傳，至今已覺不新鮮。」誠然。

此間多蚊。母言，你們無蚊，一大好事，叫咬毛滿足些（這是母叫我寫的）。

日本田中首相要來。前景大好，且看。

愷字

〔一九七二年〕八月廿四日〔上海〕

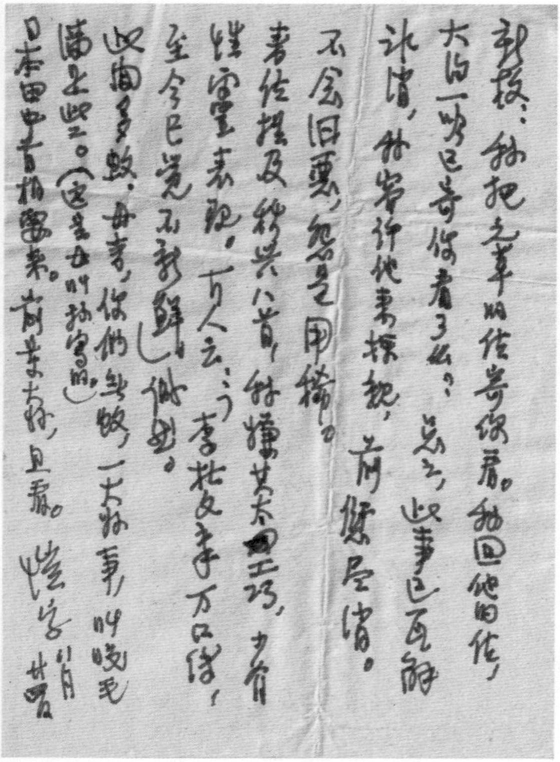

一三三

新枚、佩紅：

久不寫信了。佩紅當了班主任，忙了，小羽好否，念念。新加坡陳光別要我寫一小聯，送了五十元來，今分二十元給小羽買東西，明後日匯出。昨來了市革委二人，同我談了許久，幾乎都是閒話，問病，問房子，問錢夠用否？我與母都如實答覆。最後說：「你的問題快解決了。房子、工資等，那時一同解決。」看來，此次是真要解決了。也許深秋我可到石家莊來。我告那人：「我要轉地療養，問題不解決，不好出門。」他答：「快了，耐心一點。」

近來萬事拖拉得厲害，所以對此事我也半信不信。且看。

我幽居在此，想起與歸熙甫項脊軒有點相似，寫了一張附給你，文章很好。文中言「蜀清守丹穴」，乃四川一寡婦以煉丹致富，秦王為造女懷清台也。

愷

（一九七二年）九月九日晨（上海）

邱祖銘於三年前病死了。曹辛漢八十一歲健在。應人來過了，其妻陸亞雄病死了。

一三四

新枚、佩紅：

昨匯出二十元給小羽，想即可收到。

昨市革委來二人，送我六十元，說先補助你，即日正式解決後，恢復原薪二百二十。這是因為上次我說「六十元付房錢及保姆還不夠」，所以他們再送六十元來的。可見事情不久解決了。我提出，早點解放我，我可轉地療養，到北方去住一下，病可早癒。他們說「耐心點，快了」。

阿姐日內就要「大上來」，（小明上星期先上來了，在入學。）辦公地點在巨鹿路，甚近。但阿姐主張遷居，但遷居不會遠去，總在本區內。此是後話。

……

我健康，母眼亦還好，可以寫信，做針線。

愷字

〔一九七二年〕九月十三日〔上海〕

一三五

新枚、佩紅：

我記性太差，不知有否告訴你們：前天市革委及畫院工宣隊二人來，說我六十元不夠用，暫時增為一百二十元（當場送六十元，補上月），待中央正式宣佈解放後，恢復原薪（二百二十）云云。看來，解放也快了。又說：房屋可設法調整。到底不遷（將樓下人家請出）好，還是遷地好，現正在紛紛討論中。

阿姐已於前日「大上來」。其辦公處即在長樂路富民路口，甚近。她早出晚歸。

近需要日本文譯者：那市革委人問我能服務否？我說可以量力服務，以後再說。乘便談起英譯日譯者缺人，我提到新枚，說此人前曾為外賓參觀機器當口譯，今在石家莊當工人，未得伸展其能力。如有需要，可以調他上來云云。且看下文。

陳光別寄我五十元，分二十元給小羽，想收到。

愷字

〔一九七二年〕九月十七日〔上海〕

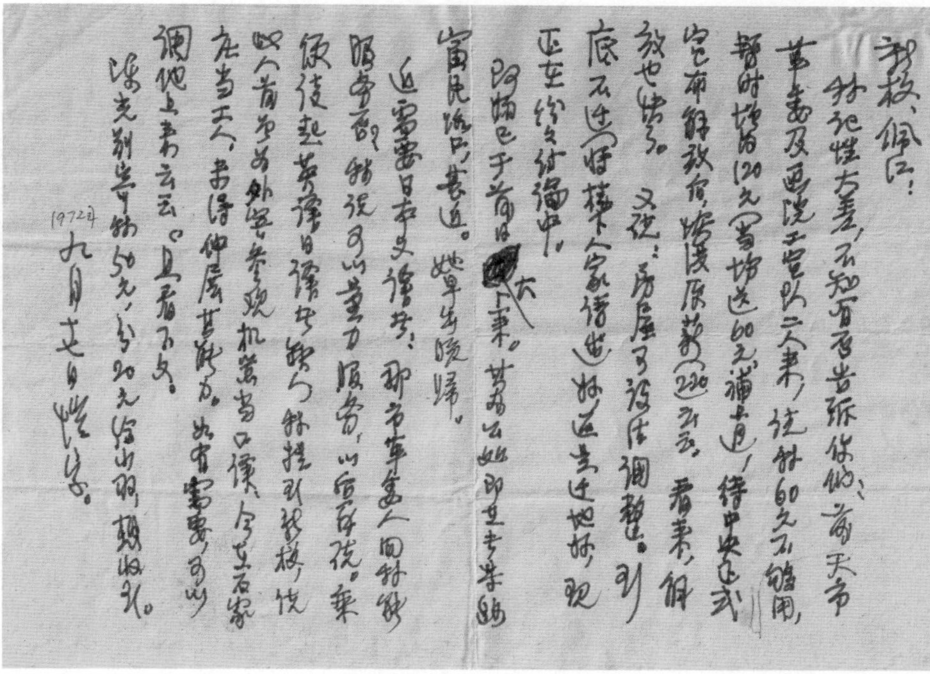
新枚、佩紅：
我記性太差，不知有否告訴你們：前天市革委及區徒工宣隊二人來，徒我60元不够用，暫时增為120元（當场送60元，補上月），待中央正式宣布解放，恢復原薪（220）云云。看来，解放也快了。又说：房屋可設法調整。到底不迁（將樓下人家請出）好，還是迁地好，現正在紛紛討論中。
阿姐已于前日「大上来」。其辦公处即在長樂路富民路口，甚近。她早出晚歸。
近需要日本文譯者：那市革委人问我能服务否，我说可以量力服务，以後再说。乘便談起英譯日譯者缺人，我提到新枚，說此人前曾為外宾参观机器當口譯，今在石家庄當工人，未得伸展其能力。如有需要，可以調他上來云云。且看下文。
陈光别寄我50元，分20元給小羽，想收到。
（1972年）九月十七日愷字。

一三六

新枚、佩紅：

昨市革委二人來（他們開頭就問我以前是否政協委員，我答言是全國政協委員。大約準備叫我再當），談房屋問題，我答以一定要遷，但等我子女商定後再告。他們說隨時聯繫可也。原來中央只管〔註一〕勿宣佈我解放，他們弄得厭倦，先把事情弄清楚再說。所以上次加了我六十元，今次來問房屋。大約，所謂頭面人物，要同時宣佈解放，所以把我也推遲了。但看來日子不久了。

今又作二畫，連前共一百四十幅，真要告段落了。此二畫乃被評為「不抵抗主義」及「諷刺新中國虛空」者，可笑。今改畫一和尚，明示四大皆空之意〔註二〕。

文彥患肝病，請假在家，常來談。國慶上海無煙火，不遊行。

愷字

〔一九七二年〕九月廿日〔上海〕

註一：只管，意即一直。

註二：「諷刺新中國虛空」之畫，指《只是青雲浮水上，教人錯認作山看》。當時此畫被批判為影射台灣人望大陸虛空如雲。

一三七

新枚、佩紅：

小羽健康了？念念。

昨阿姐到畫院，要求遷房屋。他們（工宣隊）說：我的問題不久解決（待田中去後），發還抄家物資，同時進行遷居房屋。又說正在組織統戰對象，要我當政協委員。日子很快了，可稍待云云。

看來不久我可到石家莊，或你們來探親。如果我嫌路途勞頓，不如把路費給你們作自費探親之用（你們來時，一定不在此屋內了）。我又想到杭州。

抗戰八年，文革差不多有七年，我真經得起考驗。現在健康如昔。母亦健好，肥肉少吃。多運動。現世長壽者多。文彥在王店租一屋，每月房金一元餘，其房東是一個九十八歲老嫗。另有二老女，一八十九歲，一七十九歲云云。

孔另境〔註一〕（茅盾〔註二〕的阿舅）病死了，是各種病併發而死的。邱祖銘夫婦雙亡，曹辛漢八十一歲健在。恐前已告訴你們？我記憶力壞。

不久當有更好消息告訴你們。

國慶無煙火，不遊行。我家客人多：阿七，阿英媽兒子媳婦，還有……

愷字

〔一九七二年〕九月廿六日〔上海〕

近各地來信求畫者甚多，大都是文革中被抄去的。

註一：孔另境（一九〇四—一九七二），茅盾夫人孔德沚之弟。

註二：茅盾（一八九六—一九八一），浙江嘉興桐鄉人。作家、文學評論家、文化活動家以及社會活動家。

一三八

恩狗、好貓：

久不寫信與你們，天寒，我室十一度，遙念北國，心思黯然。但你等決不會久居北地，不久可以圖南，後事難料。此數年北地生活，亦是人生一段經歷，可作他年佳話也。

此間，用不滿足的心來説，是岑寂無聊，用滿足的心來説，是平安無事。我是知足的，故能自得其樂，翻譯日本王朝物語（一千年前的），已有三篇，今正譯第四篇，每篇皆有十餘萬言，文革前完成的《源氏物語》（其稿現存北京文學出版社〔註一〕）有九十八萬言，乃最長篇。此等譯文將來有否出版機會，未可必也〔註二〕。

昨有一人來訪你，名張天龍，地址是「重慶一五一四信箱」，他是探親來的，小坐即去。關於房子，有二派主張，一是另遷，一是不動（三還）。正在考慮。前信言你們返家時已在別屋，未可定也，我隨寓而安。

葛祖蘭（長於日語），八十五歲，前日由一青年學生扶着來訪，老而健談，言文史館中有人自殺，有人查出是叛徒，被捕。舊音樂院長賀綠汀夫婦二人皆叛徒，已逮捕入獄〔註三〕。最近流氓阿飛猖獗，殺人、強姦、搶劫，無所不為。思南路一帶，晚九時後匪徒出沒，切不可行。

星期日來客多，胡治均、朱幼蘭是必來的，蔡介如〔註四〕亦常來，丁果〔註五〕來過二次，故鄉阿七（雪姑母之女）來住了個把月，前天才回去。母最近小病，診二次，今已癒，乃貪嘴吃壞，故今後誡其勿多吃肥肉。我經常吃素，唯近日常吃蟹，此物恐北地難得？聯阿娘經常來，帶着阿至來。寶姐右臂風痛，近常赴醫，稍癒，尚不能握筆寫字。華瞻下鄉，到崇明，

註一：文學出版社，指人民文學出版社。

註二：《源氏物語》和上述三篇（《竹取物語》《伊勢物語》《落窪物語》）譯作，已於二十世紀八十年代初由人民文學出版社先後出版。第四篇未見譯稿。

註三：乃「四人幫」製造的冤假錯案，後平反昭雪。

註四：蔡介如（一九一三—二〇〇七），和豐子愷是至交，在書畫、做學問等各方面都受豐子愷很大影響。

註五：丁果，上海放射科專家。

要年底上來。菊文吵得可以，幸其母（志蓉）常常病假，略加管束。

聽說，將排演《穆桂英掛帥》，舊戲將出籠乎？不關我事。

匆匆說不盡，臨發又開封。

愷字

〔一九七二年〕十月二十日〔上海〕

聽說西安發掘二千年前古墓，中一女屍，不爛，槨內附有許多古樂器，當局叫民族音樂研究所的楊蔭瀏去研究樂器，楊亦問題未解決者，我認識此人。此人與我一樣，解放前在家研習著作，毫無政歷問題。但亦與我一樣，至今還不解放他。何也！前日朱幼蘭言，北京已在發動，年前定要全部定案。且看。

鄭曉滄已解放，曾來信。聽說一足跛，乃當時在路上，身掛黑牌子，被群童打壞云云，不知確否。

一三九

新枚、佩紅：

華啟淦君帶來物，今上午收到。此人很客氣，一坐即去。照相底片當交寶姐印後寄你。香煙很好，此一條約需五元？你們兩人收入一月不過百元零點，「老者不以筋力為禮，貧者不以貨財為禮」。你們比我，可算是貧者，所以我不忍消受。但又念，你們節衣縮食，買物送我，其心特誠，殊可寶貴，故領受之。

新枚信昨收到。知小羽健好，甚慰。身體瘦些不妨，小孩小時奶胖，大起來總要瘦些的。探親的事，以後再説，目今萬事難於預料，過一天算一天。

金山衛用日本人，國內需要通日語之人。我曾與阿姐閒談，新枚頗能勝任，但無法推薦。我的案子不解決，更難設法。據阿姐言，我不久當任政協委員（有趙 x x 者，在開名單，我在內）。那時我就可開口把新枚弄到金山衛去。此雖若空想，未見得不會實現。且看。

近來各地來信索畫者甚多，都是説以前被當作「毒草」抄去，所以現在重新來要。葛祖蘭（日本文專家）八十五歲，健好，前日來此閒談。鄭曉滄常常來信，腳被人打壞，現在跛不能行云。我明春到杭當去訪他。

蘇慧純（寶姐結婚時之介紹人）耳聾，但近來用鹽湯洗鼻子，每日二次，耳聾果然好了。母近日亦在仿用此法，想必有效。餘後述。

愷字

（一九七二年）十一月二日（上海）

一四〇

新枚、佩紅：

好多天不寫信了。今略有事相告：

（一）阿姐到畫院去，問他們，書及畫集已出版了（《獵人筆記》在北京再版《豐子愷畫集》在上海發賣，每冊五元八角，我題簽的字帖皆已發賣了），為何不定案？畫院工宣隊答言：他們亦盼望早解決，因為賬早已算好，只等上頭指示，立即交還物資。但他們只管「定性」，無權管「定案」。因我是「頭面人物」，須中央宣佈定案。他們已將「性」報告中央，所以書都出了。但何日宣佈，他們也不得知。最後慰我們說「快了快了」。

如此我也安心了。性既定，則大事已定。遲遲宣佈定案，且耐性等待，想來不會太長久了。我在此，眠食俱佳，身體很好。來客甚多，多年不通消息者，今皆已來訪。

（二）新加坡一商人來訪，索畫，送我一百元，九龍的胡士方也送年禮四十餘元。我將一半送小羽買營養品，前日匯出，想收到。那一百元，我拿一半（五十元）送阿姐與小明，她也受了。所以你們千萬不要回敬我東西，回敬了我反而懊惱。

（三）王星賢（馬一浮先生之學生，我的好友）之長女王忠（均蓉）前日來訪，她住石家莊，京字一一四部隊（在何處我未問她，想可打聽），近出差來滬。她買了罐頭魚送我，談了很久，言其兄王均亮，文革中受衝擊甚苦，其父因不任職，平安無事云云。

你們有便，可去看她，稱她「均蓉姐」（阿姐如此稱她，在貴州[註]和她很熟的）。在石家莊多一親友，也是好的。

愷字

〔一九七二年十一月〕七日〔上海〕

註：貴州，應為廣西宜山。

一四一

新枚、佩紅：

首先：新枚將杭州寄你的《緣緣堂續筆》寄還我，我想刪改一下，也許將來可以出版〔註〕。我譯的《獵人筆記》已在北京重版了。以下閒話：

元草及其妻、女（門惠英、立雲）於昨日來此，宿在三樓小房中（阿英媽讓出，住在阿姐房了）……惠英很胖（在北京管甚麼倉庫，路上來往要費三小時云），為人很好。立雲像青青那麼大，但火車買¼票。他們要住約十天，還要到杭州去云。

佩紅擔任了班主任，忙了吧？又要管小羽。我常夢見你們都回來，在此工作了。希望夢變成真。

昨日吳朗西、柳靜來。吳做半工，與阿姐同事，也六十九歲了。

母聽蘇居士的話，天天用鹽湯洗鼻子（吸進去，從口中吐出來），耳朵、眼睛果然好些。蘇二三月前來看我，要把椅子拉近來聽話（耳聾），前天來，不聾了，是鹽湯的效果。

鄭曉滄來信，給一吟的，寥寥一行半，只問「令尊安否」。我親覆了。他又來信說：有劉公純者（馬一浮先生的學生），在杭州盛傳我已死了，造成這誤會。這在我是替災免晦的，已經假死過，不會真死了。餘後述。

愷字

〔一九七二年〕十一月八日〔上海〕

註：「文革」中寫成的《緣緣堂續筆》已於一九九二年編入《豐子愷文集》文學卷。

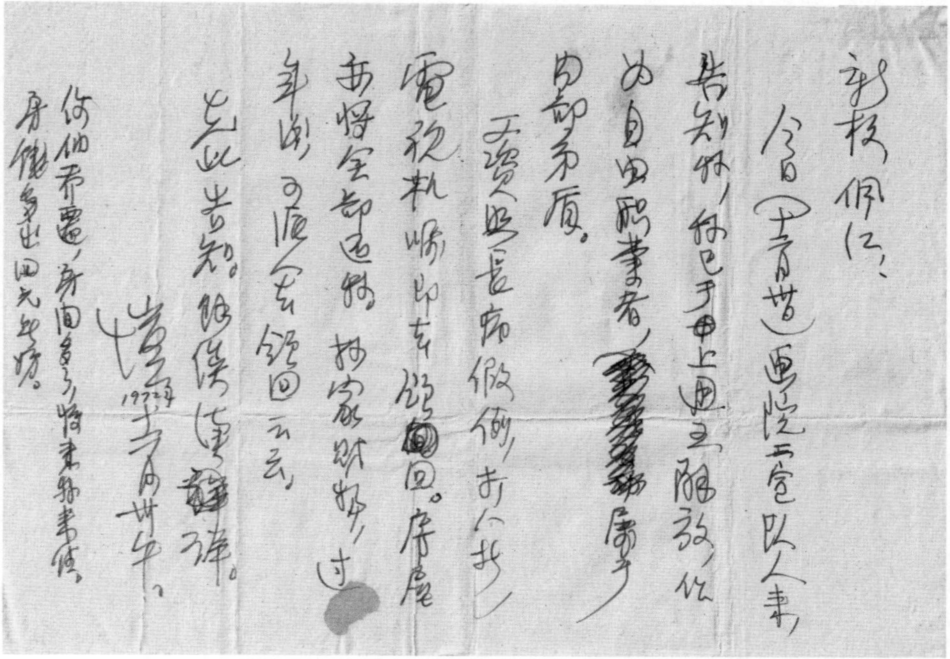

新枚、佩紅：
今日（十二月卅日）畫院工宣隊人來，告知我，我已於上週五解放，作為自由職業者，屬於內部矛盾。
工資照長病假例，打八折，電視機囑即去領回。房屋亦將全部還我。抄家財物，過年後，可派人去領回云云。
先此告知。餘俟續詳。
愷
1972年十二月卅午。
你們喬遷，房間多了，將來我來住。房錢多出四元無妨。

一四二

新枚、佩紅：

今日（十二月卅日）畫院工宣隊人來，告知我，我已於上週五解放，作為自由職業者，屬於內部矛盾。

工資照長病假例，打八折，電視機囑即去領回。房屋亦將全部還我[註]。抄家財物，過年後，可派人去領回云云。

先此告知。餘俟續詳。

愷

〔一九七二年〕十二月卅午〔上海〕

你們喬遷，房間多了，將來我來住。房錢多出四元無妨。

註：當時所謂「解放」的審查結論是：「不戴反動學術權威帽子，酌情發給生活費。」所以實際上工資並非按長病假打八折，只是為安慰新枚而如此說。被佔的房屋亦無歸還之說。

一四三

恩狗、咬貓：

電視昨夜開始在三樓放映。弄堂裏的人知道了，都要來看（弄內只此一隻），我們都不拒絕，所以晚上很鬧。

阿姐正在向畫院算賬，日內即可結清。屆時再有信給你們。

愷字

〔一九七三年〕一月八日〔上海〕

一四四

新枚、佩紅：

讀來信知佩紅身體不大好。我們（包括母與阿姐）之意，要就地僱一勞動大姐（本想由此地僱來，但不如當地僱好。不知有否。）管小羽，勿叫上託兒所。不久我有一筆錢給你們，此款，足夠勞動大姐工資之用。

我的錢至今尚未算清歸還（聽説因為原經手人生病），但不久一定還我（都由阿姐去交涉）。

三樓電視已開了一星期，效果很好。鄰人來看，我們都允許。

我每天下午出去跑跑，練練腳力。前天同小明跑得太遠了，路上（在人行道上）跌了一交，里委會的人扶我回家，以後不跑遠了。過春節後，想到杭州去，春末夏初，想到石家莊去。

一罐三五牌香煙，老早說，等我問題解決了吸。現在還藏在櫥裏，明春我到石家莊來和你同吸。其實恐不及上海牌好。

愷

〔一九七三年〕一月十三日〔上海〕

一四五

新枚、佩紅：

今日阿姐到畫院，帶了四大箱書畫來。從前抄去的，都還來。存款要等春節後原經手來，如數發還。至於扣發補不補，正在打報告請示。阿姐說：「既是內部矛盾，大家都發還的。」他們說：「可能發還，但不一定。」如此看來，至少，存款是一定發還的。

新枚履霜堅冰，生怕國家經濟緊張，要節約起來供養ｘｘｘｘ等，這也有理，但現在還不能說定。總之，他們解放我，使我精神愉快，親朋都為我慶賀，此精神上的收穫，已屬可貴。「皇恩浩蕩」，應該「感激涕零」。少收回些錢，終是小事。

餘以後再告。

愷字

〔一九七三年〕一月廿三日〔上海〕

前掛號寄出畫卷，此乃最後一批，暫不再畫。連前共有一百七十一幅，你可封起來，閒時欣賞。

一四六

新枚：

今天已是正月初三，此間春假還有明天一天。

今年過春節，非常隆重。不獨我家，一般人家都很體面。我家除夜拿除夜福物〔註〕，猜謎，一直鬧到夜深。小羽很興奮，除夜福物拿到一本小冊子，別人又送了他許多玩具。

我身體健康。日飲白蘭地一小瓶。上海的白蘭地賣光了，我全靠有人送來，故不缺乏。

阿英媽的兒子結婚，她回去了。近日阿姐等自己燒飯，反比阿英媽在時體面。上海菜館，停二天，今日（初三）開市。今午我家共十一人（聯娘在內）將到「復興」去吃中菜。一定很擠，要早點去。咬貓回石時，小羽不會不高興，換換環境，小孩都喜歡的（夏天你帶他來，他可常到上海）。

我有上等白蘭地一瓶，母有奶粉一罐，將交咬貓帶石。

文彥來，送我鄉下白酒（米酒）一大瓶。初一初二，客人很多。餘不贅。

愷字

〔一九七三年正月〕初三〔二月五日〕晨〔上海〕

註：除夜福物，是豐子愷創造的一個名稱。拿除夜福物，即除夜交換禮物。

電視，書物，都還來。略缺幾冊，不要了（存款七八千元是肯定還的）。現在問題是以前扣發工資（本來二百二十元，後來減為一百元，又後來減為六十元，最近增為一百二十元，總算起來扣發的有好幾千元。長病假打八折七折云）是否算還，他們已向上級請示。有也好，沒有也好，我不計較了。

一四七

新枚：

我交好貓帶去五百元，其餘存在上海他日你們來領。低工資的（如阿姐〔註〕）我都分贈，所以你必須認為應得，不可推卻。

小羽入託兒所，實在不忍。最好僱一個人，在家管他。管兩年，即可。我給你們的錢，就用在這上面可也。

愷

〔一九七三年〕二月十一晨〔上海〕

註：終於推卻未受。

歸還的畫，除給胡治均數小幅外，餘凡五六十幅，皆裱好者，盡歸新枚。暑中來取。字給華瞻及阿姐了。

新枚：我又好猫带去如意，宝姐在上海替你们来领。保不住的（如明媚）我都分赠，所以你必须视[认]为恩惠，不可推却。小羽入托儿所，实在不妥。最好请一个人，在家带他。费两年，即可。我给你们的钱，就用在这上面可也。

1973年 二月十日 [illegible]

归还的画，除给胡治均数幅小幅外，限凡六十幅，皆精好者，尽归新枚。其中若干，分给华瞻及阿姊了。

一四八

新枚、佩紅：

來信收到。小羽進託兒所，我們終不放心。想找一個保姆去管他，但不行。因為此地的人，要吃大米，你們自己都沒得吃，如何供給她？所以，只有你們那裏找人，管過兩年，就放心送幼兒園了。託容大娘找找看。

師大的事有希望麼，念念。

此地一切情況都很好。勿念。

〔一九七三年〕二月廿一日
愷字

一四九

恩狗、咬貓：

我久不給你們信了。我近來真是享清福，天天沒事，隨意飲酒看書。只是你們一家遠在石家莊，不免掛念。但「世事茫茫難自料」，日後的變化真不可測呢。這且不說，談談些正事。

中日邦交日趨親熱，北京有人提議刊印《源氏物語》。因為這是世界最早的長篇小說，我費五年譯完，共一百萬字。於文革開始前半年完成，其稿存北京文學出版社。近有人傳言，要拿去刊行，因日本人非常重視此書，若有人譭謗《源氏物語》，他就與你絕交云云。往年日本人來上海，我告訴他們我在譯《源氏》，他們就深深地鞠躬，口稱「有難う御座います〔謝謝〕」。日人之重視此書，於此可見。此書用古文寫成，我買了四種現代語譯本，每看一句，查四種現代語，然後下筆。此書在文革前半年完成，也是天遂人願。設想：譯了一半就來文革，變成「毒草」，那就不能完成了。北京的消息，由王星賢、孫用（文學出版社人員），以及志蓉的阿姐（北京圖書館人員）來信告知，看來是千真萬確了。此書我曾收過六千元稿費，以後有無，全不計較，只要出版問世，心滿意足了。

我定於春分後三月廿五日，同胡治均到杭州（他有積假七天，連兩個星期天，共得九天）。擬多住幾天，在那裏，早上修改《續緣緣堂隨筆》〔註〕。修好後，一定先給你們看。

再寫些瑣事。

我每星期日到附近紅房子吃西菜，吃點菜，一隻奶油雞絲湯，一隻烙雞麵，一盆殺拉〔沙拉〕，不到二元。

薛佛影來過了，吃些苦頭，現已無事，退休工人，每月可拿九十一元。萬竹在北京，生活不夠，常要爺補貼。

我去看曹辛漢，八十二歲，健在。後來他來訪我，說了許多「不是」（口頭禪）。

隔壁平平（在黑龍江）回來了，常來同阿姐閒談。……

曹永秀也常來。她的丈夫前年……死了，也剩下兩個男孩子。此人樂觀，永遠是笑嘻嘻的。秋姐也有兩個男孩子。都很不幸。

友好大廈中，有一女講解員，入女廁所。有一壞男子跟進去，企圖強姦，未遂，女的被打開了頭。壞人逃去，尋不着。此等事件，不一而足。有一十七八歲的男子，強姦兩個妹妹，又強姦其母，母吊死了。前天弄堂裏有人喊打，後來聽說，兩個十六七歲的男子，互相打架，頭都打破，到醫院去醫治云云。他們身邊都帶刀。扒手之事，時有所聞。不寫了。

愷字

〔一九七三年〕三月十二日〔上海〕

註：《續緣緣堂隨筆》，後改名《緣緣堂續筆》。

①

恩狗、咬猫、、

我久不给你们信了。我近来真是苦清猫，天天没事，随意读西看书。只是你们一家远去石家庄，不免挂念。但「世事茫茫难自料」，后日的变化真不可测呢。这且不谈，拉拉些正事、

中日邦交日趋亲热，北京有人提议刊印「源氏物语」。因为这是世界最早的长篇小说，我费五年读完，共100万字。于文革开始前半年完成，其稿存在北京文学出版社。近有人传言要拿去刊行，因日本人非常重视此书，若有人毁谤源氏物语，他就与你绝交云云。往年日本人来上海，我告诉他们，我在译「源氏」，他们就深深地鞠躬，说：「有難うございます」。日人之重视此书，于此可见。此书用古文写成，我买了四种现代语译本，每看一句，查四种现代语，然后下笔。此书在文革前早完成，也是天遂人愿。设想：译了一半就来文革，弃成「毒草」，那就不能完成了。北京的消息由王星贤、张果（文学出版社人员）、以及其他的朋友（北京图书馆人员）来信告知。看来是十有八九确了。此书

②

我曾收过6000元稿费，以后有无，全不计较，只要出版问世，心满意足了。

我定于春分后三月廿六，今胡治均到杭州（他有积假七天，连两星期天，共得九天。）拟多住几天，在那里，要修改「缘缘堂随笔」。修好后一定先给你们看。

再写些琐事、

我每星期日到附近红房子吃西菜，吃点菜，一只奶油浓汤，一只焗鸡面，一盆杂拉，不到二元。

薛佛影来过了，吃些苦头，现已无事，退休在家，每月可拿五十元。葛竹在北京，生活不够，常要爷补贴。

我去看要辛汉，八十二岁，健在。后来他来访我，谈了许多「不是」（口头禅）。

隔壁平平（黄亚龙）回来了。常来同此间谈。谈起她的「寄爹」（即沈师母的妹妹的丈夫，姓贾），事迹奇离，这寄爹做的是保密工作。人家诬蔑他是五一六分子（其实那人是五一六分子），他一时气短，撞到电车上去轧杀了！！剩下一妻（沈师母之妹）

（有旁人说他是自己撞过去的，因此司机得以无罪）。

③

友两男孩，[redacted]今后情况如何，不得而知了。

曹永秀也常来。她的丈夫前年吊死了，也剩下两个男孩子。此人来玩，永远是笑嘻嘻的。

秋娜也有两男孩子。都很不幸。

友英大厦中，有一女讲解员，入女厕所，有一坏男子跟进去，企图强奸，未遂，女的被打伤了头，坏人逃去，尚未捉着。此等事件，在所多见。

有一十七八岁的男子，强奸妹妹，又[redacted]强奸其母，母吊死了。前天弄堂里有人喊打，后来听说，[redacted]两个十六七岁的男子，互相打架，头都打破，到医院去医治云云。他们身边都带了刀。表弟之事，非管所闻。不写了。

1973年

二月十三日 悦[illegible]字。

一五〇

佩紅：

新枚之近況，我已在吟信中得知，此事甚好，只是你一人管小羽，太吃力了。能否照我以前的想法：僱一保姆？錢千萬不要計較，這裏用不完的（新枚脾氣古怪，不肯用我的錢，其實錯誤，現在，只要是正用，大家通融）。

我到杭州去了一星期，胡治均陪去，照顧十分周到，竟像照顧小孩一樣管我。我的腳力也操練出了，以後到石家莊，不須人陪了。滿娘八十三歲，甚健，吃的（得）比我多，看來可以長命百歲。軟姐和維賢都竭誠招待……杭州供應極差：館子無好菜（西湖醋魚吃不到），交通工具難覓。不可久留。我身體健好，盡日閒居休養。餘後述。

愷字

〔一九七三年〕四月二日〔上海〕

一五一

佩紅：

我們全家人和你母親的意思，勸你設法辭去教職，改在藥廠中當工人。因為你身體非常不好，如果不勝教課而弄出病來，公私兩方都受損失。

望你同新枚商量，設法向廠方申請，務求取得成功。

此間大家安好。

子愷

〔一九七三年〕四月四日

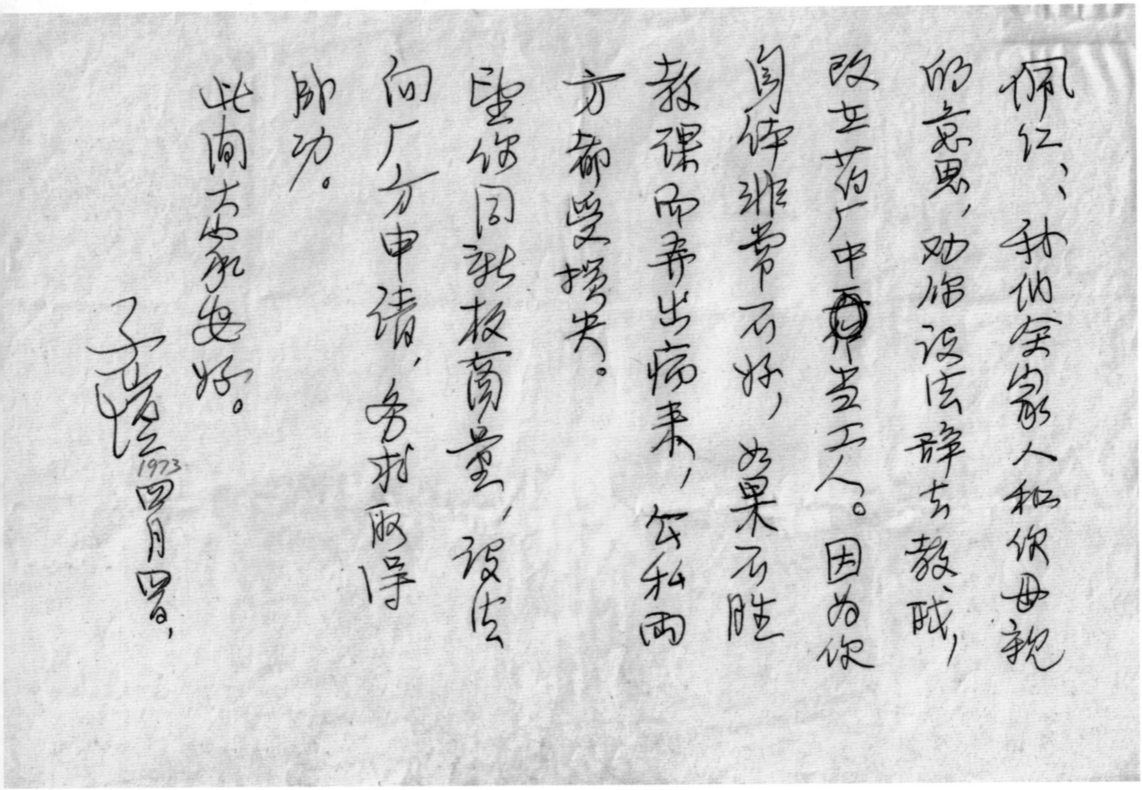
佩红：我们全家人和你母亲的意思，劝你设法辞去教职，改在药厂中当工人。因为你身体非常不好，如果不胜教课而弄出病来，公私两方都受损失。望你同该校商量，设法向厂方申请，务求取得成功。

此问大家安好。

子恺

1973 四月四日

一五二

新枚：

你的近況我已知悉。我有一點希望：在你出國期間，佩紅體弱多病，不能獨管孩子，可否申請讓她暫回上海？

愷

〔一九七三年〕四月八日

一五三

新枚、佩紅：

在枚給阿姐信上，知道你們近況，甚慰。我寄照片一張給你們，是在杭州靈隱攝的。此間近日楊花飄蕩，穿門入戶，說明春色已老，行將入夏。我身體健康，酒興甚好。吃白蘭地。

阿姐將因公赴北京，約十來天。為的是編日本文教科書。

昨夜蔡先生〔註〕請我吃西菜，在「天鵝閣」，現已改為「淮海飲食店」。吃紅燜雞、奶油雞絲湯。油太重，不宜多吃。

近來素不相識之人登門求畫者甚多，來意至誠，我也不便拒絕。每晨替他們畫。有兩幅，好看，附給你們。

曹辛漢於前日逝世，享年八十四歲，明日火葬，阿姐代我去送花圈致弔。

……

〔一九七三年四月，約廿三日，上海〕

註：蔡先生，指蔡介如。

一五四

佩紅：

你父親來，將你們近況詳細告訴我了。新枚此去，很好。可有出頭。只是你一人管小羽，又要工作，太辛苦了。深恐弄壞身體。

現在我們商量：暑假已近，你暑假帶小羽返上海，下半年的事，再從長計議。一定可使你們安定。暫時忍耐！

此間一切如舊，大家安好。婆婆帶了南穎青青到石門去，昨天回來，帶了許多食物來，今天你父母來吃午飯。

愷字

〔一九七三年〕五月四日

一五五

新枚、佩紅：

我確有長久不寫信給你們了，害得你們掛念，打電報來。電報於廿三日（星六）下午二時收到。五時即由華瞻發一回電，想必於星日早上收到。

近來家中平安無事。我身體健康，晴日必出門散步買物。早上為人作畫寫字，筆債堆積。母眼照舊，耳朵近來就醫後，好些。身體很好。我們勸她少吃肥肉，我則經常吃素。聽了某醫生的話，早上吃鹽湯一大碗。效果很好。大便暢通，不吃大黃亦行。

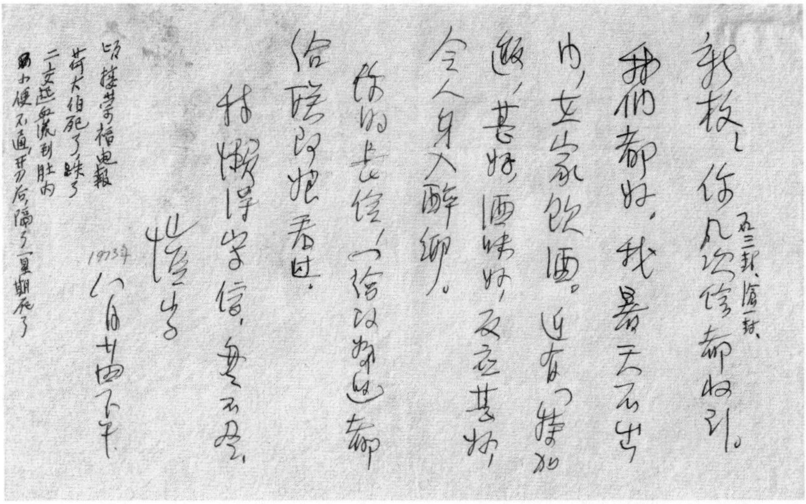
新枚：你幾次信都收到（石三封、滄一封）。我們都好，我暑天不出門，在家飲酒。近有「特加飯」，甚好，酒味好，反應甚好，令人身入醉鄉。你的長信（給阿姊的）都給聯阿娘看過。我懶得寫信，匆匆不盡。
愷字
1973年 八月廿四下午
昨接崇福電報 蔣大伯死了，跌了二三交，血流到肚內 大小便不通，開刀後，隔了一星期死了

房子問題未定。但情況良好，他們勸我們另遷他處較大房屋，可以招待外賓。阿姐正在選擇〔註〕。

暑假將到，你們兩人都回來，最好。旅費，我給你們的錢可用。

愷字

〔一九七三年〕六月廿四〔上海〕

註：並無此事。

一五六

新枚：

你幾次信都收到（石〔家莊〕三封，滄〔州〕一封），我們都好。我暑天不出門，在家飲酒。近有「特加飯〔註〕」，甚好，酒味好，反應甚好，令人身入醉鄉。

你的長信（給阿姊的），都給聯阿娘看過。

我懶得寫信，匆匆不盡。

愷字

〔一九七三年〕八月廿四下午

註：指特級加飯酒。加飯酒屬半乾型黃酒，用攤飯法生產。

一五七

新枚：

家中一切如常，無可寫告。母耳好得多了，但眼仍不明，奇怪，不戴眼鏡可以看報，但五尺之外看不清楚，常把人認錯，鬧出笑話。

自從書展之後，我的書名大噪，求字者絡繹不絕。昨天有人求寫立幅，磨好了墨，裝在小瓶裏送來，也算誠意了。然而宿墨不能用，隔夜如黑鼻涕，只得倒在抽水馬桶內，另外磨過。

十大勝利閉幕，此間通夜遊行，敲鑼打鼓，到今天還有遊行的。新貴登台，必有善政，且看。

你到滄州後，咬毛忙了，小羽也落寞了，但願不久團聚。人事變化無定，且抓緊目前。你在滄飲食良好，甚慰。我現在早上飲鹽湯已習慣，大黃廢止，大便亦暢通。語云：「朝吃鹽湯如人參。」

今天星期，但阿姐及華瞻哥上午仍去開會，討論十大。十一點鐘回來。

蟹已吃過三次，以後將多起來。聯阿娘、秋姐、先姐送來。很小，聊勝於無。

近飲「特加飯」，色香味及反應均很好。每瓶（一斤）六角五分，瓶值一角，不貴。

愷字

〔一九七三年〕九月二日上午〔上海〕

①

新枚：你家中一切如常，無可告者。
母耳好得多了，但眼仍不好，奇怪，不
戴眼鏡可以看報，但二尺之外看不清
楚，常把人認錯，鬧出笑話。
自從書展之後，我的書名大噪，求書者
絡繹不絕。此等人有些[illegible]之情，磨好
了墨，紙張都送來，也算消遣了。此
後宿墨不能用，隔夜如墨臭糞，只得倒
在抽水馬桶內，另外磨去。
十大勝利閉幕，此間通夜遊行，敲鑼打
鼓，到今天還有遊行的。新貴登台，必有
善政，且看。
你到滄州（見後註），胸毛長了。小明也落實了。但願不久
團聚。人事變化無定。且抓緊目前。你在
滄飲食宜好，甚慰。我說在早上飲鹽湯

②

已可讀，大書慶也。大便每晴通。結論：朝
吃鹽湯為人參也。
今天星期，但政協叫（及）華瞻要上午仍去
開會，討論十大。十二點鐘回來。
蟹已吃過三次，以後將多起來。時政姊、
秋姊、先姊送來。很好。聊勝于無。
近況：特殊供照，通訊及返京均很好，
每瓶（一斤）只角五分，瓶值一角，不貴。

愷字
九月二日上午
1973年

一五八

新枚，佩紅：

我空閒無事，做一個照相架，給小羽。此外，一切平安，無事可告。

愷

〔一九七三年〕十月八日

一五九

佩紅：

我託北京友人劉桐良買巧格力〔巧克力〕寄你，給小羽吃（上海甚多，但不能郵寄）。收到時你寫信告我，我可告慰劉君。新枚的情況，他有信詳告我們，我們顧不得，聽他自己對付。眼光要長，有的壞事會變成好事。

附花紙一張給小羽看。來信告我「花紙收到」可也。

愷字

〔一九七三年〕十一月二日

咬南、細毛都已走了。細毛到遵義，比新疆好得多了。咬南的男小孩強得很，能從地上爬水落管子到樓裏窗進來。你母煩勞得很。

一六〇

新枚：

你與阿姐的信我都看過。關於你的事，我無可贊詞，由你自己去應付。眼光放得長，有時壞事會變好事。

你已熟達打字機，很好。我往昔也愛弄這個，「丁」的一響，叫你換一行，很有趣味。近日我的鈔票用不了，想買一架打字機送你，但不知何處買，有何手續。你打聽來。

昨我有信與咬貓，託北京的朋友買巧格力寄小羽（上海不能寄出）。

此間大家健康安樂。

愷字

〔一九七三年〕十一月三日

一六一

新枚：

姊到外灘去看打字機，新貨須公家單位可買，舊貨私人都可買，各色各樣，價百元左右。

春節希望你們來此（以前我給你們的錢，即作旅費），你自己去選購。我貯款以待。

上海已入嚴冬，室內10度。

有人以中藥方獻毛主席，飲之可活一百四十歲。朱幼蘭已替我去買，實時開始服用。

寄重南〔註〕款已收到。

愷字

〔一九七三年〕十一月十九日

註：重南，指上海重慶南路三德坊，新枚的岳母處。

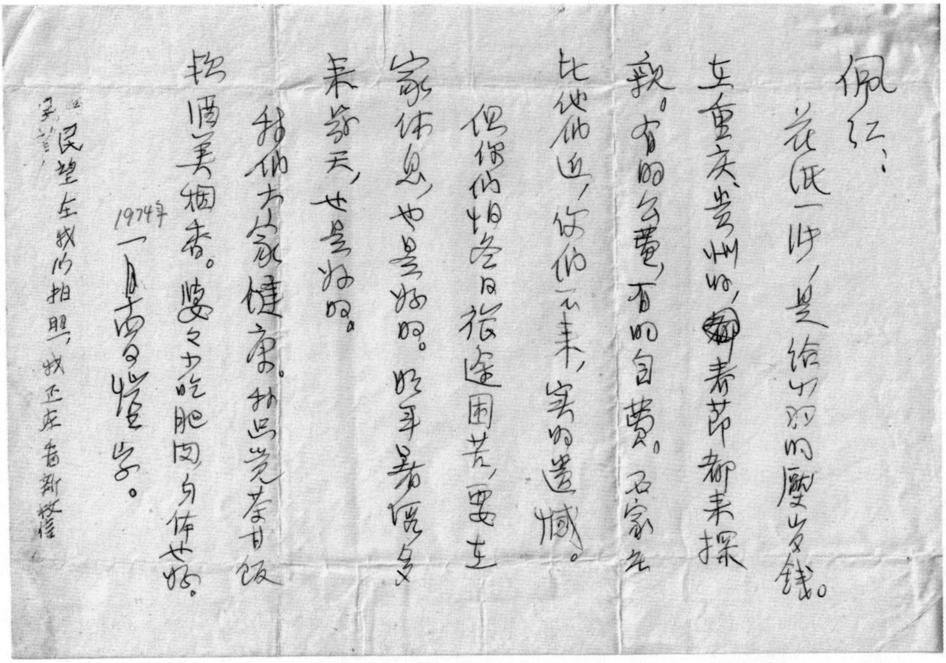

一六二

佩紅：

花紙一張，是給小羽的壓歲錢。在重慶、貴州的，春節都來探親〔註〕。有的公費，有的自費。石家莊比他們近，你們不來，實為遺憾。

但你們怕冬日旅途困苦，要在家休息，也是好的。明年暑假多來幾天，也是好的。

我們大家健康。我只覺茶甘飯軟酒美煙香。婆婆少吃肥肉，身體也好。

愷字

〔一九七四年〕一月十四日

註：指親戚中的後輩探其父母。

一六三

新枚、佩紅：

我建議：日內佩紅請事假，送小羽來上海。住在聯娘家，生活費你們自會供給。聯娘身體好，且愛小羽，願任其勞。此間各人都贊成這辦法。一吟已有信告訴你們，我再強調一下，希望成為事實。一二年後，小羽長大了，再作計議。

愷

一九七四年二月廿四

今天此間大雪。

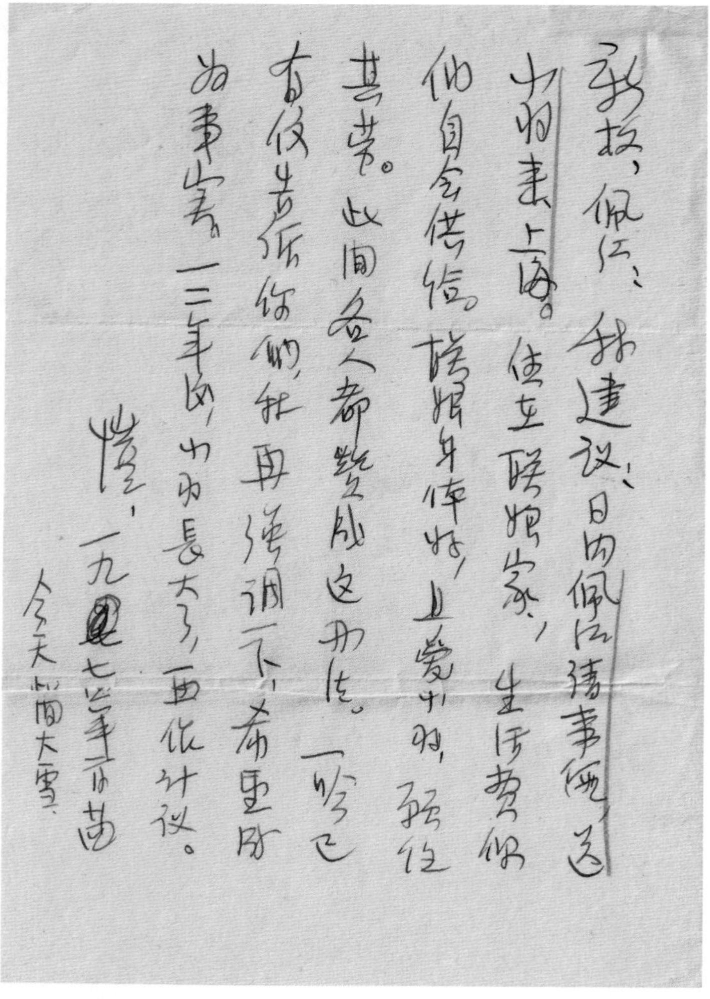
新枚、佩紅：我建議：日內佩紅請事假，送小羽來上海。住在聯娘家，生活費你們自會供給。聯娘身體好，且愛小羽，願任其勞。此間各人都贊成這辦法。一吟已有信告訴你們，我再強調一下，希望成為事實。一二年後，小羽長大了，再作計議。
愷 一九七四年二月廿四
今天此間大雪。

一六四

新枚：

我久不給你信（我不知你在何處，此信交咬毛，給咬毛同看），你來信我都看到。我們議決：叫小羽來上海住一二年，再還給你。不知你們同意否，念念。

我身體甚好。眠食俱佳。自知可與新豐老翁比賽。新豐老翁八十八，還能由「玄孫扶向店前行」，可知其享年必在八十八以上。我今七十六歲半，來日方長。「萬物靜觀皆自得，四時佳興與人同」。

咬生（已三十七歲）前天結婚，在紅房子請吃西菜。其妻是個演員，與咬生門當戶對。暫住在秋姐家，不久同返福建，但非同地，相距稍遠。亦牛郎織女耳。

上海正在「批孔」高潮。我也寫了一張大字報，去畫院張貼。我寫了小字，他們代我寫成大字報，說是省我勞力。照顧可謂周到。

我現在日長無事，看《三國演義》，飲酒。來索字畫者甚多。但我多寫字，少作畫，寫字用魯迅詩，畫總是《東風浩蕩，扶搖直上》（兒童放紙鳶），或者《種瓜得瓜》。上海書法展覽會中展出了我的字，於是我的書名大噪，求畫者少，求字者多，我很高興。畢竟寫字少麻煩。

今天是驚蟄。桃花開了，但此地看不到，室內十七度。「二十四番花信後，曉窗猶帶幾分寒」。

上海的文藝人士，有幾個很不像人。造假書畫，授徒取利，可笑可憐。……

阿姐依然做個積極分子，早出晚歸，還要加班，拿四十塊錢，勞而不怨。小明很能幹，現二年級，起勁上學。不過動作暴躁，「燒香帶倒佛」。華瞻照舊，志蓉常請病假，血壓高。阿仙提早退休，多病，長久不來了。宋慕法久不見面，若無其人。餘後談。

愷

〔一九七四年〕三月六日〔上海〕

一六五

佩紅：

新枚大約即將回石，此信你看後留給他看，下面說的是上海等處文藝界近況。

北京有個畫家，是林派，畫一個樹林，下面三隻老虎。——意思是「林彪」。又有一畫家，畫一個彈琵琶的女人，題曰「此時無聲勝有聲」。此人曾入牢獄，此畫上一句是「別有幽愁暗恨生」。借此發牢騷也。

有一工廠中，貼一張大字報，說我的《滿山紅葉女郎樵》是諷刺。紅是紅中國，樵取紅葉，即反對紅中國。然而沒有反響。見者一笑置之。由此，我提高警惕，以後不再畫此畫，即使畫，要改為《滿山黃葉女郎樵》。

……

北京的名畫家李可染、吳作人等，向一個外賓發牢騷，說畫題局限太緊，無畫可作，此言立刻在外國報上發表。

浙江各地不安寧，溫州尤甚，簡直在搞復辟。杭州常常發生打殺事件。法國總統ボンビドウ〔蓬皮杜〕到杭時，有人埋設定時炸彈，幸而被人識破，沒有傷及總統，但炸死了一個服務員。

唐雲畫一隻雞，又被批評：說眼睛向上，不要看新中國。但也無反響。

此種吹毛求疵的辦法，在文革初期很新鮮，但現在大家看傷了，都變成笑柄。

此外種種，我也懶得多寫了。

我身體很好，每日吃一斤半酒，讀日本小說作為消遣。母親身體也很好，只是耳朵不及我好，七底八搭〔註〕。好在有阿英媽服務，家中事事妥帖。關於房屋，公家不談了，我也不再要求，反正現在夠用了。樓下的人家，相處甚睦，子女都是同學，互相往來。南穎、青青，都做大人了。只有男孩菊文，不進幼兒園，在家做「無業遊民」。他的父母不着急，我也不管。「不癡不聾，不作壓家翁」。

……

愷字

〔一九七四年〕四月廿四日〔上海〕

註：七底八搭，豐子愷家鄉話，意即：說話做事沒有條理，七顛八倒。

①

佩红：我接大约即将回石，此信你看后留给他看，

下面说的是：上海等处文艺界近况！

北京有一画家，是林派，画一个挑担下山三只老虎。一意思是「搞彪」。

又有一画家，画一个弹琵琶的女人，题曰「此时无声胜有声」。此人曾入牢狱，此画上可是「别有幽愁暗恨生」。借此发牢骚也。

有一工厂中，帖一些大字报，指摘的「满山红叶女郎樵」是讽刺。红是红中国，樵取代华，即反对红中国。此市没有反面。只有一笑置之。由此升提高警惕，以防不再画此画，即使画，要改为「满山黄叶女郎樵」。

钱君匋以我刻苗章出名，广收佳制，此等佳本，都是要上山下乡的，他们以此为当年出名，抵抗上山下乡，罪名就大了。此人年已六十七八了，还揭留他，揭发人送他一册「金瓶梅」（墨书）以助长他的淫欲。一这都他自己坦白出来的。他本已退休，现在仍要上班，写交代。

画院的画师程十发，托一华侨友人带画到香港去展览。被关上扣留了。此人本来专造假画。文革前，他以幻家如的「佳画选」资格，将假画寄往京、沪、汉、广、各处文物院，被发觉了，就这三年劳动教养。今后改旧性。

北京的名画家李可染、吴作人等，向一方外宾发牢骚，说画题局限太紧，无画可作。此言立刻在外面

报上发表。
浙江各地不安宁。温州尤甚，简直在搞暴乱。杭州常常发生开枪事件。据说ズこピドドン，到杭时，有人埋设定时炸弹，幸而被人识破，没有伤及旅客，但炸死了一个服务员。
唐云画一只鸡，又被批评，说眼睛向上，不要看新中国。他也无反响。
此种吹毛求疵的做法，在文革初期犹新鲜，但现在大家都看衰了，都当作笑柄。
此外种种，我也懒得多写了。

我身体很好，每日吃一斤半酒，信日本的说法的清造。母亲身体也很好，只是耳朵不及我好，七搭八搭。她在市的英语班交友，大家中事在安排。关于房屋，大家不谈了。我也不再要求。反正现在够用了。楼下的人家，[illegible]相处甚睦，子女都是同学，互相往来。南颖、青了，都做大人了。只有男孩茵文，不进幼儿园，在家做写进涂底。他的父母不着急，我也不发言。不痴不聋，不作阿家翁。

1994年 四月廿四 怀字

意大利人十二三十二才来，伪装进步，到中国来拍电影，所拍的都是中国的丑态：木船、草棚、哭的孩子、褴褛的人……此人可恶。

一六六

新枚：

久不得你們信，甚為掛念。此間一切都好。盼望你們三人暑假來探親。新枚可親自去選購一架打字機。

愷字

〔一九七四年〕六月十二日

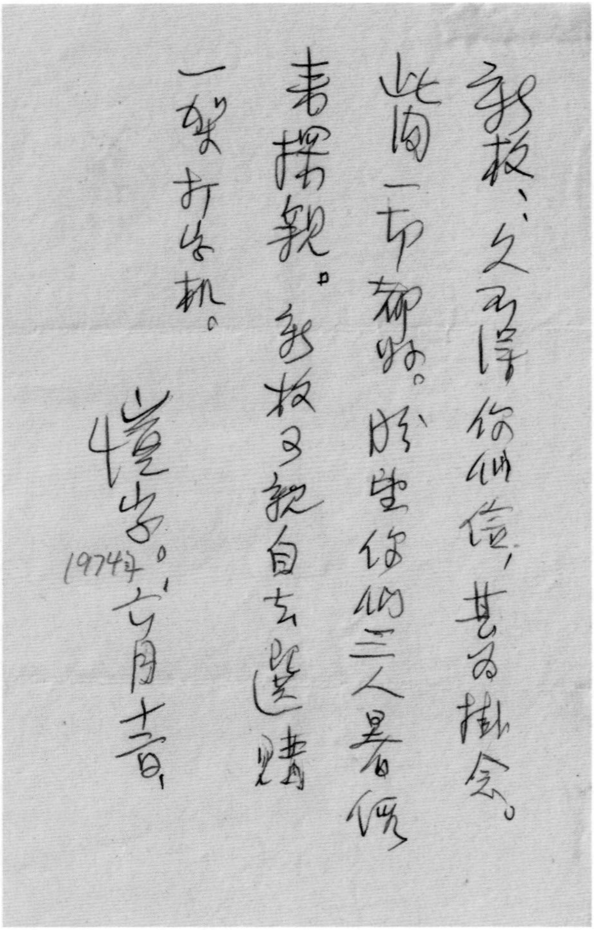
新枚：久不得你們信，甚為掛念。此間一切都好。盼望你們三人暑假來探親。新枚可親自去選購一架打字機。
愷字。
1974年六月十二日

一六七

新枚：

來信語重心長，我很感動。此次為鞏固文革成果，上海又開批判會，受批判的四人，我在其內。原因是我自己不好，畫了一幅不好的畫給人，其人交出去，被畫院領導看到了，因此要去受批判。但很照顧，叫車子送我回來（上海現在三輪車絕少，三輪卡也少）。第一次在畫院，不過一小時，一些人提出問題，要我回答，我當然都認錯，就沒事。送我回來，外加叫一個小青年騎腳踏車送來，防恐我走不上樓。第二次在天蟾舞台，那是聽報告〔註一〕，不要我回答，不過報告中提到我的畫。這次南穎陪我去，他們叫三輪卡送我回來。事過兩月，我的工資照舊一百五十元，「內部矛盾」的身份也不改，你可放心。

自今以後，我一定小心。足不出戶，墨也不出戶。真不得已，同阿姐等商量過行事。我近日正在翻譯夏目漱石的小說，是消閒的，不會出門。每天吃酒一斤半，吸煙一包半。近日已有蟹，吃過幾次了。

徐ｘｘ〔註二〕來訪，我適當地應付可也。

胡治均、朱幼蘭每星期日來訪，他們都很關懷我，和你差不多。戚叔玉〔註三〕也常來，也很關懷我。

你的情況，我也知道些。我勸你：對人態度要好，有些事敷衍一下，不要認真（此信看後毀棄，千萬不要保留）。

以下講些別的事情：

此間有英文打字機，我想買一架送你，要等你自己來選定。不知你何時可來。咬毛和小

註一：聽報告，其實是開批判會。

註二：徐ｘｘ為「文革」中上海美術界以打人出名者。

註三：戚叔玉（一九一二——一九九二），書畫家、碑帖收藏家和鑒賞家。

羽一定要來。

有一個上海點心店的工人，叫盧永高，工作是做麵做餛飩，但愛好書法。他的兒子也熱中於書法，常常來請教我。另一兒子在鐘錶廠工作，會修錶，給我修過幾次。

有一個人從洛陽來，向郵局探得我的地址，來求寫字，我寫了毛主席詩及另一幅白居易詩給他。

文彥難得來。上週來，帶一包田雞（青蛙）給我，我不吃，讓他帶回去。芬芬在幼兒園，宜冰（與小羽同年）在另一幼兒園，易子而教。

蔡先生〔註四〕已退休，準備遊黃山。夫婦二人，退休工資共一百零點，生活緊張，但他很滿足。家中養鳥三十幾隻，每月也要供給好幾元。

有一個人在杭州放謠言，說我死了。害得許多朋友來信給華瞻、一吟，問我健康否。我親筆寫回信闢謠。我到今年陰曆九月廿六，是實足七十七歲〔註五〕。現在百體康強（只是右足行路不便），看來當比章士釗壽長（章九十三歲死在香港）。

海外極少通信，大都不覆。香港《大公報》（是黨辦的）的記者高朗，有時來信，問候而已。

愷字

〔一九七四年〕七月十一日〔上海〕

註四：蔡先生，指蔡介如。

註五：七十七歲，應為七十六歲。

一六八

新枚：

此間一切平安，今將情況寫告一二。華瞻一家五人，都到北京過夏，只志蓉一人先回，餘人尚未歸。小羽很有興味，日間同小明玩，晚上看電視。前天咬毛生日，大家到紅房子吃西菜，連聯阿娘家共十餘人，只吃二十元。可見上海供應很好。小羽緊跟着娘，打勿開罵勿開。阿姐照舊很忙，但夏天晚上不開會，回家尚早。母身體很好。前天全家去遊長風公園，電車來去，她下上也不吃力。我怕出門，經常在家。每天三十三度，熱得要命。我只是坐在電風扇旁吃啤酒。三十三度已繼續了六天，今天小雨，看來可以轉涼。八月八日立秋了。

丁雯之母來看咬毛，送小羽一支槍，一段衣料。

……

上海發生一反革命案件，其人寫反動信，寫在糙紙上。母昨天去參加開會討論。我沒有參加。

上海花樣很多：某處有個「癩三」（即女流氓）被人殺死，切成十幾塊，拋在各處。至今未破案。

又有一男子，躺在公共汽車後輪下自殺，身上自寫「自殺」二字，免得連累司機坐牢。聽說是為了家庭問題。

閘北某處，新造房屋，工作中坍下來，壓死壓傷了百餘人。內有冷飲，有人去揩油吃冷飲，壓死在內。有工人出去小便，免於死。

我近來很清閒，早上精神好，翻譯夏目漱石小說，作為消遣。很難得破例為人寫一張字

（毛詩），畫絕對不畫。

愷字

〔一九七四年〕八月七日晨〔上海〕

一六九

新枚：

你用繁體字寫的信，我看看很省力。大約你太空，所以細細地寫信。心電圖，數年前做過，是「傳導阻滯」，不重要的。現在再去做，恐怕還是如此。我同大家商量，認為此事暫緩。因我此次氣喘，全是中暑之故，同樣毛病的人很多。現在氣喘早已停止，走三層樓上下（去看電視）亦不氣喘。可見身體已復健。現在去看病，無病呻吟，挖肉做瘡〔註一〕，反而引起心理作用。今年夏天特別熱，室中三十三度繼續十餘天。我在電扇旁吃啤酒，渾身是汗。現在已漸漸入秋，秋老虎也厲害。早夜涼，日中熱，我飲食十分當心。病從口入，我基本蔬食，不會生病。

咬毛和小羽大約廿二三中離滬，正在買車票。她要先到鄭州〔註二〕，再回石家莊。希望你早日回石。小羽還小，而且頭腦靈敏，須有父母同住才好。石家莊的託兒所花樣少，使他精神萎頓，怪可憐的。你爭取回石。

春節你一定來探親，咬毛小羽最好同來。多花些錢，實在不成問題。我與母都有儲蓄，毫無用處，盡可供你們自費探親。我收入一百五十元，盡夠開銷。存款無用，存行生息。可知現在的經濟，與過去不同。人生除了生活費之外，鈔票竟無用處。此乃好現象，使人不須

註一：詞意由歷史典故而來，比喻行事只顧一面，結果適得其反。出自明代王守仁《傳習錄》：「欲於靜坐時，將好名好貨等根，逐一搜尋掃除廓清，恐是剜肉做瘡否？」——編註

註二：咬毛的二姐在鄭州。

操心錢財，獲得長壽健康。

吸煙，有個關鍵：只是噴出，不吸入肺，只是聞聞香氣，亦可過癮。我經常如此。你說一天吸半包，是不夠的。照我的辦法，吸一包亦無害。

人身是一架機器，不亂用，不損壞它，它就可保長年。我深明此理。故每日飲食有定時定量。今年七十七歲，耳聰目明（老花不算），比母健全。上月來了一個周其勳，是我的同學，是華瞻（在廣東時）的同事，從南寧來，住在他女兒家，曾來看我，我也叫華瞻送糖果給他。此人比我大九個月，但耳朵不便，華瞻對他說話很吃力。此人愛吃肉。其實老人是不宜吃肉的。古人說「七十非肉不飽」，是害人的話，應該批掉。現大家批孔，但無人反對老人吃肉。怪事（不過，年輕人是可以吃肉的，我不反對）。

今日秋涼。心曠神怡。暫不多寫。

愷字

（一九七四年）八月十九日（上海）

一七〇

新枚：

咬毛已於前日去鄭州，此刻想已到達石家莊。你可回石一個月，小羽不送託兒所，如此最好。小羽在此遊玩慣了，一下子關進託兒所，很可憐的。希望你們多多愛護他。

我氣喘病，早已好了。有人（石門灣同鄉）送我一棵靈芝草，此物難得，乃從深山中採得，據說煎湯服用，可治氣喘。我現已好全，暫時不用。放在抽斗裏，香氣溢出，聞之氣爽。昔人有聯云：

醴泉無源，芝草無根，人貴自立。

流水不腐，户樞不蠹，民生在勤。

我近日早上翻譯夏目漱石文，作為消遣，十時即飲酒。每日飲黃酒一斤半。香煙少吸，一日一包。噴氣而已，不吸入肺，亦是一種消遣。

上海已入秋。今日乞巧（陰七月初七），昔時女孩於此夜穿針拜月。昔人有詩云：「多情欲話經年別，那有工夫送巧來。」秋姐今天生日。……

母每週四下午去開會（一個半小時）。她高興去，只是耳朵不大好，回家不能正確傳達。

愷字

〔一九七四年〕八月廿四，即乞巧日〔上海〕

前信我説「足不出戶，墨不出門」，今應改為「畫不出門」。因求字者甚多，未便拂其意，寫毛主席詩詞，萬無一失。求畫者，婉謝之。

一七一

新枚：

想已回石，咬毛可省力些，小羽可暫不送託兒所，甚好。秋來我身體安好，酒量照舊，還常到附近紅房子吃西菜。母親也健康，前天同聯阿娘到寶姐家吃飯，遊公園。三輪車以前沒有，現在又有了。可見大眾需要，必可滿足。我沒有利用三輪車，因無必要。近來以翻譯日本文為消遣，自得其樂。求畫者大都謝絕，求字者多，寫毛詩應囑。有些人神經過分敏捷，豆腐裏尋骨頭。前些時我受批判，主要的是為了一幅《滿山紅葉女郎樵》（上次給你信，曾提到一幅不大好的畫，即此）。蓋因紅葉代表紅色政權，故不可樵也。批判的主席說得很巧妙，說「這是群眾意見」。我當然接受，說以後不畫，以免引起誤解，但肚裏好笑。仔細想想，道理也不錯：文革中我已承認我的畫都是毒草。如今再畫，便是否定「文化大革命」輝煌成果，罪莫大也。然而世間自有一種人視毒草為香花，甚襲珍藏。對此種人，我還是樂願畫給他們珍藏。古人云：「文章千古事，得失寸心知。」畫亦如此。

聯娘常來，關心咬毛及小羽，得你信甚慰。咬毛體弱，又要上班，又要管小羽，其實吃不消。總要想個善策。

胡治均常來，對我很有幫助（買物等）。朱幼蘭喪母之後，不曾來過。其母八十六歲，患乙型腦炎而死，阿姐去送花圈。若非此病，此老嫗可活到百歲呢。她天天勞動，上街，拖地板，飯量很好（吃淨素）。乙型腦炎，即大腦炎，新枚小時也患過（抗戰勝利那年），並非致命之病，大約此人抵抗力差之故。

國慶快到了，恐怕不會有餘火。春節上希望你們三人都來探親，旅費算我。我現在有錢無處用。能在你們面上發生效用，我衷心歡喜。你們若不接受，我反而不樂也。不多寫了。

愷字

（一九七四年）九月四日（上海）

一本線裝書《幼學》是否在你處？如有，掛號寄我。

新枚：想已回石，由羽可暂不送托儿所，（晚毛可看护些）甚好。我素来身体安好，酒量如旧。还常到附近红房子吃西菜。母亲也健康，前天同阿姨到宝姐家吃饭，游公园。三轮车出家没有，现在又有了。又见大众需要，要可满足。我没有利用三轮车，因无需要。近来以翻译日本文古典消遣。自得其乐。所还者大都谢绝，来客者多，写毛诗应属。有些人神经过分敏捷，真鸡蛋里寻骨头。前些时我受批判，主要的是为了一幅"满山红叶女郎樵"。（上次信说错，曾提到一幅不大好的画，即此。）盖因红叶代表红色政权，而女子要樵也。批判的主席说得很巧妙，说"这是辞然意连"。我当然接受，从此后不画（以免引起误解）。但此类好笑。你们想想，道理也不错，文革中我已承认我的画都是毒草。如今再画，便是否定文化大革命辉煌成果，罪莫大焉。然而世间有另一种人视毒草为香花，什袭珍藏。对此种人，我还是乐赠画给他们珍藏。古人云："文章千古事，得失寸心知。"画亦如此。

胖娘常来，关心晚毛及由羽，得你信甚感。晚毛体弱，又要上班，又要管由羽，其实吃不消。总要想个善策。

胡治均常来，对我很有帮助（买物等）。朱幼兰夫丧之后，不曾来过。其母八十六岁，患乙型脑炎即死。阿姨去送花圈。若非此病，此老很可活到百岁呢。她天天常动，上街，拖地板，何等健好（现已去世）。乙型脑炎即大脑炎，新枚小时也患过。（抗战胜利那年）并非致命之病。古稀此人抵抗力差之故。

国庆节快到了。恐怕不会有游行。春节上希望你们二人都来探亲，旅费算我。我现在有钱无处用。能在你们身上发生效用，我很欢喜。你们若不接受，我反而不快也。不多写了。

一九七二年 九月四日 恺字。

一本绿皮书，加"动笔"，是否在你处？此书勘误等用。

一七二

新枚、佩紅：

《幼學》一冊已妥收。這是類書，有各種古典，閒時看看很有興味。

時光易得，再過十天又是國慶。國慶前一天是中秋，你們必須吃月餅。

我很記掛小羽，希望春節時你們全家都來探親。我已想定：三樓阿英媽的小房間讓給你們住（阿英媽可住樓下）。

這幾天客人很多，應酬也很吃力。其中薛佛影身體發胖，如彌勒佛。蔡介如吃鱔魚，在我這裏嘔吐起來。周其勳（我青年時的同學，華瞻在廣東時的同事）比我大九個月。他住在南寧，近來到上海來玩，住在女兒家中。此人忘記性極大，華瞻每次去訪，講起人事，他都忘記，講過的都當新聞。我也善忘，但趕不上他。

我常常收到各地朋友寄來的食物：花生、胡桃、木耳、紫菜、筍乾等等。這些朋友都是讀者，大都是純粹的好意，有幾人要字，我寫毛主席詩詞報酬他們。柳宗元是法家，我有時也寫他的詩。

諺云：「八月初二飯倉開。」今已八月初五。果然我八月以來食量很好，但限於素。《古詩源》中有一首詩：「夜飯少吃口，活到九十九。」我很相信，夜飯少吃些。但你們年青人不同。

薛佛影的兒子薛萬竹，在北京。萬竹之妻及小孩放在上海，佛影多方設法，要把萬竹調回上海來，尚未成功。佛影刻了一個圖章：「有竹人家」。他只有萬竹一個兒子，所謂「獨苗」，要調動也如此其難。

母身體很好，每星期四下午必去開會，其實可以不去。她自己要去。

愷字

（一九七四年）九月廿日（上海）

聽見聲音，她必然答應，以為是叫「婆婆」。窗口看見小姑娘，就叫「南穎」。有一天一個女客來，母點着她罵：「你這個小銀〔註〕到哪裏去了，現在才回來！」以為是南穎也。但母不戴眼鏡可以看報。

註：小銀，土話，即小孩。

一七三

新枚：

你去後，此間一切安善。我身體很好。母親也好，不戴眼鏡讀報。今日是陰曆十二月初十，盼望咬貓早些來。小羽在娘娘〔註〕家，不肯回來。阿姊去望他一次。他同阿至玩，很高興。

清代法家龔定盦詩一紙，可送友。

愷字

（一九七五年）一月廿一日

註：娘娘，豐子愷家鄉話，即祖母。

一七四

新枚：

今日陰曆十二月廿六，立春已過二天，沒有下雪。今天彤雲密佈，「晚來天欲雪」了。咬貓時來時去，有好電視便來。志蓉昨夜乘車赴北京了。我前日起，又吃酒了，但吃的不多，每餐吃半杯。此亦自然要求。

阿姐言：草嬰（姓盛）〔註〕勞動時跌斷脊樑——車上卸下水泥，他用背去扛，水泥很重，壓斷他脊樑。此不能上石膏，只得躺在板上，聽其接連。大小便、飲食，都要人服侍，夠苦了。

石門灣建造大會堂，來公函，要我寫「石門鎮人民大會堂」八個大字，每字二公尺見方，顧到我便利，只寫一公尺見方，他們去放大。已夠大了。昨日已寄去。

山東聊城光岳樓，要我寫對，也很大，今天也寄去了。

洗臉盆中，你加的鉛絲，阿姐給你換了洋鐵，說因鉛絲太密。也好。

別無可寫。

愷字

〔一九七五年二月〕六日下午〔上海〕

註：盛草嬰，原名盛峻峰（一九二三—二〇一五），專長俄、英文學作品的翻譯。

一七五

恩狗：

咬貓真能幹，會修鐘。我的擺鐘秒針落脱了，她會拆開來，裝上去。……

今天是正月初六。昨晚細毛結婚，我與母到紅房子吃喜酒。咬貓與小羽也來。他們近日住在重南，因杭州軟姐同其子華文來此，住在阿姐室中，咬貓便被趕出了。細毛的新郎比她長一個頭，姓許。志蓉到北京，昨夜回來了。軟姐等明天要返杭，在此遊玩了長風公園、西郊公園、城隍廟。天氣都晴明，他們有福。「一龍二虎，三貓四鼠，五豬六羊，七人八穀，九蠶十麥。」今天初六，是管羊的。明天初七管人，天氣一定也好。軟姐的華文，很長大……

石門鎮革命委員會來公函，要我寫八個大字「石門鎮人民大會堂」，每字一公尺見方，信中説鎮上造一個大房子，是「您的故鄉，務請大筆一揮，歡迎您回來參觀」。我已寫好寄去。我想在暮春回去一次（有新蠶豆的時候），胡治均陪去。他們放一隻小輪船到長安來接我。我要去看看雪姑母（是我的胞妹，你大約記不得了），又看看這大會堂，就住在雪姑母家（離鎮四五里）。現在是「雨水」節，二十四番花信，是菜花、李花、杏花。上海看不見花，想想而已。鄭曉滄來信，説杭州諸花都看得見。邀我去看花，我不會如此風雅，卻之。我又吃酒了，吃的不多，每餐吃一盅。文彥昨天來，送我雞蛋二十個，上海難買。他家宜冰即將入小學了。農曆新年來客甚多，不必細説了。

愷字

〔一九七五年〕二月十六，即正月初六〔上海〕

聽說你又遷居，想已完成。聽說很小。

希望你有出差機會來上海吃酒。

一七六

新枚：

來信收悉。有人要畫，今將現成者《努力惜春華》送他。以後如有人要，盡來告我，現成者多，皆《種瓜得瓜》《東風浩蕩》之類，預備送人也。

二十四番花信將終，但小樓中不見花，只在心裏作穠春耳。半個月後，胡治均陪我故鄉去。大約五七天即返。四十年不到鄉村矣，此次住雪姑母家。其時正有新蠶豆，可以嘗新。準備些香煙、糖果去送人。去看看我所題字的「石門鎮人民大會堂」。聽說建在緣緣堂遺址上，真勝緣也。你信上關心我攜帶必需之物，如大黃等，我自檢點，不致缺少。餘後述。

愷

〔一九七五年〕四月二日〔上海〕

昨日，四月一日，在外國是 All Fools' Day，即萬愚節〔愚人節〕，可以任意騙人。此信二日寫，非騙人也。

新枚：来信收悉。有人要画，今将
现成者「努力惜春华」送他。以后如有
人要，俟来告我，现成者多，皆「种瓜得瓜」，
「东风浩荡」之类，可备送人也。
二十四番花信将终，但山楼中不见花，只
在心里惜惜春耳。半月以后，胡治均陪
我故乡去。大约三七天即返。四十年不到乡村
矣，此次住雪姑母家。其时正有新蚕豆，
可以尝新。准备些香烟，糖果去送人。（反面）

去春我所题字的「石门镇人民大会堂」。
听说建在缘缘堂遗址上，大胜缘缘堂也。
你信上关心我携带出门之物，并及衣着等，我
自检点，不致缺少。你别来过。

恺 1975 四月一日，

昨日四月一日，在外国是All fool's day，即万愚节，
可以任意骗人。此信二日写，非骗人也。

一七七

新枚：

前信勸佩紅辭教職，申請為藥廠工人，希望能做到。

我明日由胡陪同赴石門鎮，住雪姑母家，約一星期。正是：

少小離家老大回，鄉音無改鬢毛衰。
兒童相見不相識，笑問客從何處來。

我到雪姑母家，還是日本鬼投炸彈那天，距今三十八年了。那時你們都還不曾做人呢。

愷

〔一九七五年〕四月十一日〔上海〕

一七八

新枚：

我到鄉下十天，他們招待周到，我很開心。只是來訪的親友甚多，應酬亦很吃力。送土產的很多，滿載而歸。胡治均照顧我，非常熱心，他也收得許多土產。石灣新建的石門鎮「人民大會堂」，正在工作中，門額是我寫的，每個字二公尺見方〔註〕。

我寫了許多張字去送人，是賀知章詩：

少小離家老大回，鄉音無改鬢毛衰。
兒童相見不相識，笑問客從何處來。

註：據說此題字後來被竊，終於未用上。

我每次入市，看者人山人海，行步都困難。有人說我上海不要住了，正在鄉間造屋，養老。如此也好，可惜做不到。

佩紅調到廠裏工作，要努力爭取。教書太吃力，有傷身體，公私兩不利也。

我是前天夜裏到家的，華瞻叫小汽車來接。昨日休息一天，今日照舊健好。足證身體好。

愷字

〔一九七五年〕四月廿四日〔上海〕

一七九

新枚：

我到故鄉，住了十二天，早已安返。胡陪行，照料周到。在鄉時，來客不絕，遠近聞訊，都來看望，贈送土產（雞蛋、豆腐衣）不少，滿載而歸。我還家後不知有否寫信給你，記不真了。重寫也無妨。

暑假快到，希望你一家三人來滬探親，旅費及扣工資等，都由我付給，不必操心。我近來意外收入甚多。廣洽法師即將歸國觀光了。

我希望佩紅辭教師而改入廠當工人。努力爭取。

雪姑母不肯裝牙。今天我匯了二十元送她，叫正東〔註〕逼她去裝牙。

聯阿娘家，來了咬生夫妻及妻母。妻即將生產。

琴琴的母親（即英娥的妹子），患腦癌死了。今天阿姐去送花圈。

註：蔣正東（一九三一—一九九三），豐子愷之妹豐雪珍（雪雪）的兒子。

我在鄉，吃杜酒，是阿七自己做的，比黃酒有味。鄉下黃酒也有，與上海的差不多。鄉下香煙緊張，我帶了許多（前門牌）去送人，約有十條（一百包）。送完了，皆大歡喜。來客中有三四十年不見的人，昔日朱顏綠鬢，盡成白髮蒼顏。昔日小鬟，今成老嫗了。

時入孟夏，窗外樹色青青。我端居靜坐，飲酒看書，自得其樂。

愷

〔一九七五年〕五月五日，馬克思誕辰〔上海〕

一八〇〔註〕

新枚：

與寶姊信我已看過。你送妻子入京，端居多暇，作嵌字詩，亦是一樂。時人對你評判甚好，深為喜慰。不批評別人，亦是厚道存心，無傷也。我一向老健，讀書寫字消遣，今晨寫二紙，附寄與你，贈人可也。此間來客，閒談笑樂，頗可慰情。母亦健康，姐仍多忙。嫂（志蓉）昨日赴北京省親，須二十餘日還來。我日飲黃酒一斤，吸煙一包，可謂書酒尚堪驅使去，未須料理白頭人也。

愷洳

乙卯立秋前十日〔一九七五年七月二十九日〕〔上海〕

註：此為豐子愷寫予愛子新枚最後一信。一九七五年九月十五日，豐子愷先生因病離世，享年七十八歲。

新枚：与宝姊信我已看过。你送
妻子入京，端居多暇，作嵌字诗，亦是
一乐。昨人对你评判甚好，深为喜慰。
不批评别人，甚是厚道存心，无伤也。
我一向老健，读诗写字消遣，今日
写二纸，附寄与你，赠人可也。此间来客
多，闲谈笑乐，颇可慰情。母亦健康。
姊仍多忙。嫂（志蓉）昨日赴北京省亲，须
二十余日还来。我日饮黄酒一斤，吸烟一包，
可谓书酒尚堪驱使在，未须料理白头
人也。

乙卯立秋前十日 恺[illegible]

缘缘堂

1975
7.29

(23)

致宋慕法、宋菲君（六通）〔註一〕

一

慕法：

得信全家大喜（老實說，她初產，住在荒村〔註二〕中，我們實擔心，以前信中皆慰情語耳）。商量起名，至今決定，另寫一紙附去，菲是芳菲之意，因其清明日生。芳菲之君，又含平凡的偉大之意，以前取名，大都有封建思想，今新時代之人，宜力避免也。阿先產後可吃補品，徐徐自能復健。盼望滿月後可見見菲君。即問

近好

愷　|

（一九四二年）四月九日（重慶沙坪壩）

註一：宋慕法（一九一六—二〇〇八），豐子愷次女豐宛音之夫，退休前任上海教育學院英語副教授。宋菲君，宋慕法之長子；一九四二年生於北京大學物理系，光學專家，中國科學院研究員、博士生導師；小名安凡。

註二：荒村，指貴州湄潭縣東北之永興鎮，當時宋慕法任教的浙江大學分校所在地。

二

慕法：

阿先二日長信（女工事）及你四日信，同時（六日上午）收到。本定今午匯三佰萬元，作為「催生」〔註〕。款未匯而孩已出世，真是喜出望外。

今下午付匯，此信到後，就可收到。

註：催生，是指催其次子宋雪君生。

……
孩子我正在取名，不久寄你們。
菲君有你與阿姜顧到，甚慰。

愷字
（一九四八年）二月六日午（上海）

三

安凡：

小娘姨〔註一〕本來要打電話給你，我有信，她不打了。告訴你：後天（星期五）我和小娘姨兩人要到崇德〔註二〕去，要下星期一二回上海。你們這星期日倘來此，我不在，《古詩十九首》不能讀。最好再下星期日來，把「十九首」背給我聽，我再替你上新詩。「十九首」中有許多字難讀，難解說。現在我寫一張給你，可參考。「十九首」要多讀幾遍，要背得熟。

我們到鄉下去，一定買些東西來給你和小冰。暑假中一定帶你和小冰到外埠去玩一趟。

這星期倘你來，有一冊書你可看看：這書是俄文版的《小學圖畫》，放在我書桌右手的綠書架的頂上，很大，你可看圖。有許多寫生畫圖，對學畫是有益的（此書是出版社要我和小娘姨譯的）。

外公字
（一九五二年）五月十四日（上海）

註一：小娘姨，指豐子愷幼女豐一吟。
註二：崇德，今名崇福，屬桐鄉縣（今桐鄉市）。

四

菲君：

前幾天你母親説，你上學期在校裏，學業成績好的，品行評語不好，是四分。我希望你本學期會改進。小娘舅〔註〕去年冬天的評語也不好，説「用功是否為自己個人？」後來我教導他一番，這學期（今年夏天）就全都很好。説他「用心功課，遵守規則，熱心群眾事業，幫助同學，思想前進……」現在我也教導你一番，你下學期也會好起來的。

我想，大約你在學校裏最聰明，知識最多，見識最廣，因此你看不起教得不好的先生和呆笨的同學，因此他們評你四分。這的確是不好的品性。一個人越是聰明，應該越是謙虛，越是守規則。列寧小時候，在學校裏成績最好。但他絕不看輕同學，他常常早半小時到學校，用這時間來幫助同學補習數學。上課的時候，他最坐得端正，最守規則（將來你學會俄文，可在教科書裏讀到）。我們都要向他看齊。

我歡喜快樂，所以有時到杭州，有時到蘇州，有時星期天去遊玩，吃東西。但同時又歡喜做個守規則的好人：在社會中不犯法，熱心公眾事業；在學校裏不犯校規，熱心團體事業。這樣，遊玩的時候更加開心。你常常跟我去遊玩，同時也要常常做守規則的好孩子。不然，別人看來，外公教壞了你。

小娘舅申請入團，已經批准了。不久宣誓，正式成為團員了。你將來也要如此，所以本學期起，要特別注意自己的行為。一個人，行為第一，學問第二。倘使行為不好，學問好殺也沒有用。……反之，行為好，即使學問差些，也仍是個好人。所以你在初中期間，特別要注意自己的行為。其次注意學問。

註：小娘舅，指豐子愷幼子豐新枚。

聽說開學延遲了（格致九月七日），你校倘也延遲，你在開學前還可來這裏住幾天。小娘姨也歡迎你來。

外公字

〔一九五五年〕八月廿九夜〔上海〕

五

菲君：

你的詩已經有些像樣，然而有兩處毛病。我替你改了。說明如下：第一二句「數柳花」和「學種瓜」是對，上面最好也對。故改作「茅舍簷前」（那時裏西湖八十五號屋很壞，可說是茅舍）。第三四兩句形式上很好，但意義上不對：既說「是兒家」，不應說「客裏」，故改為「春到」。

我把你的原信剪寄，你保留作紀念。

做舊詩是好的，但我們只能學古人的文體「格式」，不可學古人的「思想」（例如隱居、縱酒、頹廢、多愁、悲觀等，都不可學）。毛主席也做舊詩詞，但思想是全新的。你以後倘有空做舊詩，也要如此。

你不去杭州，我已去信告訴姑外婆。你在此時獨自去，的確不很好。以後跟我同去。

外公字

〔約一九六〇年〕八月十一日〔上海〕

六

慕法、林先：

來信收到。你們為我祝賀，一片好心。林先提議會餐，太過誇張，不甚相宜，或者，稍遲再說可也。房屋歸還或他遷，現尚未定，正在從長計議。電視已歸來，每夜在三樓開放，鄰里都來借看，非常熱鬧，蓋弄內唯有此一電視也。林先說永不喝酒，何必！少飲清歡可也。餘後述。

愷字

〔一九七三年〕一月十一日〔上海〕

致豐元草（二一通）〔註〕

一

元草：

你的信早收到。我開人代大會，前日方閉幕。所以久不覆復你。你的對聯，其實是詩，不能稱為對聯。因為對聯既名為「對」，要求平仄及詞性及意義很嚴。例如平必須對仄，動詞必須對動詞，草木必須對草木（溪口的「口」，必須對身上的東西。但平仄當然是照詩法：一三五不論，二四六分明。並非個個字要平對仄，仄對平的）。現在你的二對，於上述三條件都不合，所以只能說是詩，不能稱為對。

你有興味作對，可練習一下。我舉幾個好例：李商隱詠楊貴妃詩中有一聯：「此日六軍同駐馬，當時七夕笑牽牛。」[47] 古來引為最巧妙的「對」。「六軍」對「七夕」（軍對夕，不大切，但不苛求了），「駐馬」對「牽牛」，都很巧。

又有某人為剃頭店寫一對聯：「頻來盡是彈冠客」，「此去應無搔首人」。對得真巧！「彈冠相慶」（得意）是古話，「搔首問天」（失意）也是古話，意義又極好：討好顧客，說來剃頭的都是得意人（但要剃頭，必須脫帽，故曰彈冠）。剃好之後出去時，沒有一個是失意的人。

我們故鄉石門灣，是春秋時吳越戰場，又是洪楊時殺光燒光的地方，戰死的鬼甚多。所以每年七月半放燄口，超薦亡魂，舉動非常盛大，全鎮每家門口都掛許多紙衣裳，燒給鬼

註：豐元草（一九二七—二〇一一），豐子愷之次子，中國人民志願軍復員後任人民音樂出版社編輯。亦稱元超。

魂。老和尚放餤口的台前，照例有一副長對。有一年是你的祖父做的，做得很好，我從小牢記在心，現在寫給你看：

古曾為吳越戰場，迄今蔓草荒煙，盡是英雄埋骨地。
近復遭咸同髮逆，記否昔年此日，正當兵火破家時。

（當時是清朝，故稱洪楊為「髮逆」，不可以現在觀點來批評。）

長聯要求對仗，當然較寬，但此長聯也已對得很工了。

律詩第三四句，第五六句，必須是兩副對聯。我最近為定海作的七律詩，後來改好，全文如下：

定海漁場十里開，沈家門口艦成排。
罐頭滾滾隨潮去，外匯源源逐浪來。
五月黃魚多似藻，三春紫菜碧於苔。
掛帆客子頻回首，水國風光好畫材。

新名詞「罐頭」對「外匯」，「黃魚」對「紫菜」，「似藻」對「於苔」，都還恰當。

你倘愛作對，可做做律詩看。

大會聽說要七八月開。家中平安無事。餘後談。

〔一九六三年〕五月十二日父字〔上海〕

二

元草：

寄來《紅樓夢》一部，已收到。此書印刷甚精。你去年來滬，至今已近一年，時光過得快！此一年間，此間諸人皆健好無恙。滿娘、雪姑母亦健康。我曾赴杭州，母曾赴石灣，均得快晤。唯崇德荷大伯於上月病逝，八十三歲，跌了一交，傷了脾，開刀醫治無效，竟死。國慶節上海燈火輝煌，想北京必更熱鬧。

愷字

〔一九七三年〕十月二日〔上海〕

致豐寧馨（七通）〔註一〕

一

軟軟：

告訴滿娘，我今日（十二月卅日）被解放。工資照長病假例打八折〔註二〕。抄家物資、電視等，開年叫一吟去領回。他們派我自由職業者，屬內部矛盾。總算太平無事。過春節後，我即將到杭州，在你家住多日，六七年來不曾離上海，也覺氣悶。今後當走動。新枚在石家莊，近遷居，房屋較大，我也想去。

草草

愷

〔一九七二年〕十二月卅日（上海）

二

軟軟：

此次我遊杭，非常快活。第一是看見滿娘健康，甚為欣慰。今世長壽者多，此間有九十八歲之婆婆自去泡開水者。可知百歲以上不稀奇也。

我經此鍛煉，腳力也大進步。秋天再來時，可以不要胡治均〔註一〕了。

當晚華瞻同南穎青青來接，坐小包車回家（胡中途下車回家）分「好東西」，皆大歡喜。

註一：豐寧馨（一九二二—二〇一〇），豐子愷三姐豐滿之女，自幼為豐子愷夫婦的義女。畢業於浙江大學數學系，退休前任浙江大學數學系副教授。又名豐寧欣，小名軟軟。

註二：實際上仍是發給生活費（比先前多些），並非打八折。

註一：胡治均當時專誠陪侍豐子愷赴杭。

《一剪梅》〔註二〕我在杭寫了幾張，因無圖章（又因羊毛筆不慣用，故寫不好，我愛用狼毫也），不好看。現另寫一紙送你。掃墓《竹枝》〔註三〕亦另寫一張，交滿娘欣賞。

此間一切如常，窗前楊柳青青，也很悅目，終是遠不及杭州之清幽也。

愷字

〔一九七三年〕四月二日〔上海〕

維賢送我白蘭地（可治傷風），甚好，上海買不到。謝謝他。

三

軟軟：

有杭州第一醫學院內科醫生李亞順，來求字畫。有人説，此醫生技術很高明。我今備一字條，你保存着，萬一滿娘有需要，可按址去請他來出診。但願此字條備而不用。

愷

〔一九七三年〕十一月十一日〔上海〕

四

軟軟：

得信知滿娘患病，甚為掛念。

註二：《一剪梅》，指豐子愷自己的詞作。

註三：掃墓《竹枝》，指豐子愷之父豐所作掃墓竹枝詞。

姆媽想到杭州來看視，但念她不會行動，反而增加你們負擔，所以暫且不來。滿娘病狀如何，望你繼續來信，教我們得知。

子愷啟

（一九七五年）二月十一日（上海）

五

軟軟：

知道滿娘患病，甚為掛念。我又不能親來探問，心甚焦急。我想，滿娘年紀不算很大。生育少的人，元氣充足，小病定能復健。今世壽長的人很多。古語云：「夜飯少吃口，活到九十九。」滿娘定可向他們看齊。你和維賢都請假侍奉，甚好。但望不日收到好消息。

子愷

（一九七五年）六月十一日（上海）

六

軟軟：

諸人〔註〕回來，告我滿娘病狀。我認為只要飲食不斷，定可帶病延年。今世長壽者多，此間有二女人，皆九十七八歲，還乘電車。滿娘生育少，只生你一人，元氣不虧，定能長壽。

註：諸人，指豐子愷的子女，曾專誠去杭探望姑母。

聽說可遷居。我希望你們遷地為良。病人可坐籐椅，由兩人抬着遷居。

問問維賢：他有否《苕溪漁隱叢話》，及《詞苑叢談》這兩冊書？倘有，借我一看，掛號寄來。倘無，不必覆我。反正我非必要，消閒而已。

子愷

〔一九七五年〕七月六日〔上海〕

七

軟軟：

來信及書一冊，皆妥收。滿娘病漸好〔註〕，甚慰。書是借來的，我看完後即掛號寄還。望轉告維賢。餘後述。

愷

〔一九七五年〕七月十一日〔上海〕

註：豐滿卒於一九七五年八月十五日，比豐子愷早卒一個月。

註釋：

1 出自《朱子家訓》，應為「一粥一飯，當思來處不易」。

2 出自（唐）杜甫《佳人》，應為「合昏」。

3 出自（唐）李白《聽蜀僧濬彈琴》，應為「如聽」。

4 出自（宋）慕容岩卿妻《浣溪沙》，應為「汀洲花草弄春柔」。

5 出自（唐）楊巨源《城東早春》，應為「詩家清景在新春」。

6 出自（唐）張祜《贈內人》，應為「斜拔玉釵燈影畔」。

7 出自（唐）祖詠《望薊門》，應為「三邊曙色動危旌」。

8 出自（唐）崔櫓《華清宮三首·其二》，應為「更無人倚玉闌干」。

9 出自（唐）王貞白《御溝水》，應為「此中涵帝澤，無處濯塵纓」。

10 出自（宋）晏殊《玉樓春·春恨》，應為「年少拋人容易去」。

11 出自（宋）蘇麟上范仲淹詩，應為「近水樓台先得月」。

12 出自（清）褚人獲《堅瓠首集》，應為「卻在君家獻頭角。」

13 出自《孟子》，應為「生於憂患，死於安樂」。

14 參見 56 頁註二。

15 出自（清）吳藻《浪淘沙》，下闋應為「何處暮鼓敲。黯黯魂消。斷腸詩句可憐宵。莫向枕根尋舊夢，夢也無聊」。

16 「花雖」句出自（宋）吳娘的「調笑集句」。後兩句為（宋）鄭僅的《調笑轉踏》。

17 參見 56 頁註二。

18 出自（南北朝）薛道衡《昔昔鹽》，第一句應為「垂柳覆金堤」，第三句前半句應為「花飛桃李蹊」，第六句前半句應為「長垂雙玉啼」，第七句應為「彩鳳逐帷低」。

19 出自（宋）曾鞏《詠柳》，應為「倚得東風勢便狂」。

20 出自（宋）蘇軾《西江月・黃州中秋》，應為「月明多被雲妨」。
21 出自（清）紀昀《閱微草堂筆記》，應為「紅蕊幾枝斜」。
22 出自（宋）史浩《臨江仙》，應為「不堪老眼看花」。
23 出自（宋）賀鑄《薄幸》，應為「豔真多態」。
24 出自（清）納蘭性德《飲水詞》，上闋應為「蓮漏三聲燭半條，杏花微雨濕輕綃，那將紅豆寄無聊？」
25 出自（唐）韋莊《思帝鄉》，應為「縱被無情棄」。
26 出自（宋）蘇軾《司命宮楊道士息軒》，應為「無事此靜坐，一日似兩日，若活七十年，便是百四十」。
27 出自（宋）陸游《風入松》，應為「擬將細字寫春愁」。
28 出自（清）柳如是《夢江南》，應為「憶昔見時多不語，而今偷悔更生疏」。
29 出自（明）湯顯祖《牡丹亭》，應為「雨絲風片，煙波畫船」。
30 出自（明）蘭陵笑笑生《金瓶梅》，應為「蘭湯初浴罷」。
31 出自《白雨齋詞話》引《蛸蛣雜記》，應為「前年鏡入新年髮」。
32 參見本頁註25。
33 出自（清）鄭板橋《賀新郎》，應為「江南二月花抬價，有多少游童陌上，春衫細馬。十里香車紅袖小，宛轉翠眉如畫，佯不解傍人覷咱。忽見柳花飛亂絮，念海棠春老誰能嫁？淚暗濕、香羅帕」。
34 原文為「晚飯少吃口，活到九十九」，為古諺語，散見於清人筆記。
35 出自《詞苑叢談》之嚴幼芳詞，應為「人間剛道隔年期，想天上、方才隔夜」。
36 出自（晉）陶淵明《讀山海經之五》，應為「在世無所須，唯酒與長年」。
37 出自《詞苑叢談》，應為「花間斂衽告天」。
38 實出自古樂府《君子行》。
39 出自（五代）李煜《憶江南》，應為「多少淚，沾袖復橫頤。心事莫將和淚滴，鳳笙休向月明吹」。
40 出自（民國）蘇曼殊《拜輪詩選》，應為「夭夭雅典女，去去傷離別」。
41 出自拜倫名作“Maid of Athens, Ere We Part”，此段英文原文是：“Maid of Athens, ere we part,Give, O, give me back my heart!”

42 出自（宋）蘇軾《浣溪沙．春情》，應為「彩索身輕長趁燕，紅窗睡重不聞鶯」。

43 出自（唐）無名氏《菩薩蠻》，應為「牡丹含露真珠顆，美人折向庭前過」。

44 參見本頁註42。

45 此句出自《左傳》，原文是「肉食者鄙」。

46 出自（宋）蘇軾《南歌子》，應為「師唱誰家曲，宗風嗣阿誰。借君拍板與門槌。我也逢場作戲、莫相疑。溪女方偷眼，山僧莫皺眉。卻愁彌勒下生遲。不見老婆三五、少年時」。

47 出自李商隱《馬嵬》，應為「當時七夕笑牽牛」。

附錄

恩狗畫冊（四十七幅）

豐子愷「絕筆」之考究　莊寅亮

恩狗畫冊（四十七幅）

一　恩哥拿一根紅絨線來，說：「阿姊！做個帽子給先姊家的外甥戴。」
　　卅一年〔一九四二年〕在元旦。

二　到公共運動場去坐滑梯。傳農倒滑下去，阿姊扶他起來。恩哥的後面
　　又有兩個囝囝來了。

三　「癩疥瘡藥」。

四　兩個房東团团想擠進去看。卅一年〔一九四二年〕陰曆正月初一。

(一)
大房東囝囝
靠在白狗身上、
小房東東
靠在黃狗身上、
一隻野狗
走過來了、

五　（一）大房東囝囝靠在白狗身上。小房東東靠在黃狗身上。一隻野狗走過來了。

(二)
白狗黃狗
跳出去
咬野狗、
兩個房東囝囝
大家跌交、
三隻狗呌、
兩個人哭、

六　（二）白狗黃狗跳出去咬野狗。兩個房東囝囝大家跌交。三隻狗叫，兩個人哭。

七　恩哥放鏢，放到桌子上的麥片匣子上。卅一年〔一九四二年〕在正月初三日。

八　到衛生院去找陸的康。阿姊同佩貞走石榴樹邊。恩狗一個人走山坡。恩狗翻下來，打三個滾。滾到了石頭邊。

九　阿姊做先生，佩貞、恩狗、桂漢做學生。

十　到豐樂路，看見一隻大豬，非常之大！大家説要賣一千塊錢。打牠一句，牠走一步。後來實在走不動，牠跪倒了。卅一年〔一九四二年〕一月廿九下午。

十一　山坡上許多人抬棺材，恩哥和佩貞也抬棺材。桂侯還抬不動，跟着喊：「恩育落朵好裏呀！」〔小兒語，意為：就埋在這裏好了。〕

十二　走到對河，望見恩哥家裏。姆媽站在門口，佩貞同房東囡囡在牆下玩。卅一年〔一九四二年〕一月廿九日下午。

十三　爸爸説：「隻貓咬隻蝴蝶。隻貓死了。」恩哥笑起來，説：「爸爸講錯了！是蝴蝶死了。」

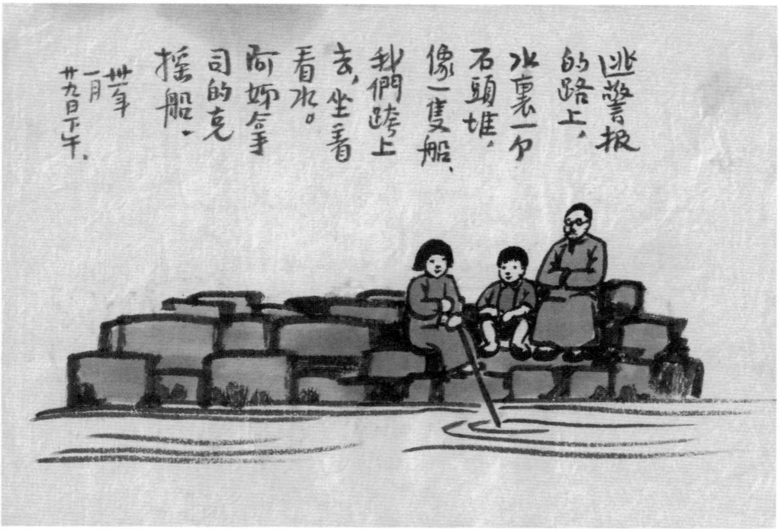

十四　逃警報的路上，水裏一個石頭堆，像一隻船。我們跨上去，坐着看水。阿姊拿司的克搖船。卅一年〔一九四二年〕一月廿九日下午。

十五　佩貞：「恩哥，把你臉上的麻子洗掉了，我再跟你玩。」恩哥：「啊呀！佩貞！這是口水呀！不是麻子呀！」

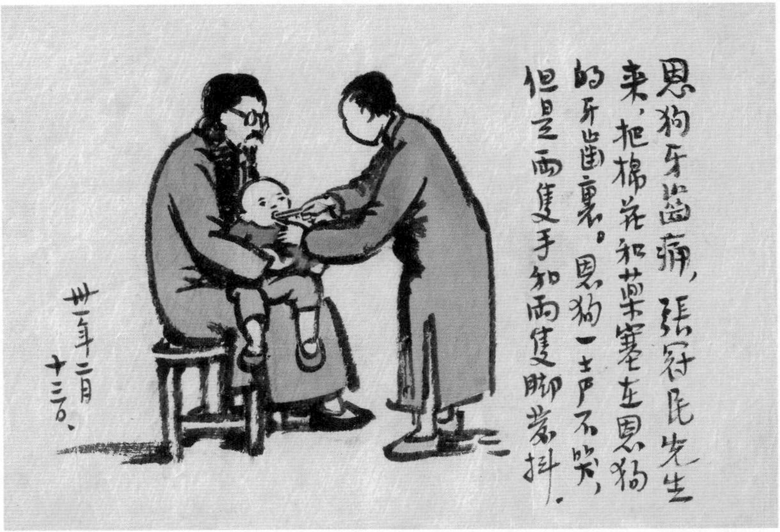

十六　恩狗牙齒痛，張冠民先生來，把棉花和藥塞在恩狗的牙齒裏。恩狗一聲不哭，但是兩隻手和兩隻腳發抖。卅一年〔一九四二年〕二月十三日。

十七　警報解除了。爸爸前頭走，滿娘後頭走。阿姊、佩貞、恩哥拿了蘆花中央走。

十八　恩哥到火盆裏去拿一罐頭灰，用力一吹，鼻頭裏嘴巴裏都是灰，眼睛盲了。卅一年〔一九四二年〕二月十九日。

十九　「檯子幾隻腳？」「四隻腳。」「叫我聲四爹爹。」「四爹爹！」「嘸……」

二十　恩哥到趙老房子裏去看滿娘。卅一年〔一九四二年〕三月十七日。

二一　阿兜有一條長板，放在石頭上，就是蹺蹺板。阿兜坐一頭，恩哥佩貞共坐一頭。「高一高，低一低！」

二二　「餅乾裏有核！」

二三　一拳頭，摔到你含山頭。回轉來，叫我聲三娘舅。

二四　勿好囝囝、鼻涕囝囝、房東囝囝燒飯，恩狗、佩貞、阿姊看。

二五　恩狗一歲的時候，住在思恩。軟姊抱恩狗去看豬，恩狗說：「尼娘恩。」去看鵝，恩狗說：「奇恩奇恩。」

二六　八六六家門前八株竹，八隻八哥住在八六六家門前八株竹上宿。拿了八把彈弓趕掉八六六家門前八株竹上八隻八哥勿許住在八六六家門前八株竹上宿。

二七　我唱山歌亂説多：蚌殼裏搖船過太湖。太湖當中挑薺菜，洞庭山上拾田螺。拾的田螺巴斗大，放在小花籃裏去望外婆。外婆坐在搖籃裏汪汪哭，恩哥拍拍手去抱外婆。

二八　看見兩隻白羊，恩狗說：「兩隻黑狗。」大家笑起來，恩狗哭起來。

二九　去拍照，恩哥當做拔牙齒，拚命逃出去。爸爸拉得牢，沒有跌到丁字口。

三十　Barbar kkor-ttn-ttn larn Siar ttu-ttu.〔桐鄉方言，意為：坐在高凳凳上寫圖圖。〕

三一　恩哥坐在高凳凳上，高凳凳翻倒去。阿姊拉牢恩哥的腳。恩哥沒有跌交。

三二　天上七個星，地上七塊冰。廳上七盞燈，樹上七隻鶯。牆上七隻釘。一片烏雲推沒天上七個星。乒乓，打碎地上七塊冰，福篤，吹隱廳上七盞燈。大虛，趕掉樹上七隻鶯。恩畜，拔脱牆上七隻釘。

三三　爸爸買一根練〔鏈〕條，有三十朵梅花。恩哥買一管笛。恩哥叫阿姊把梅花練〔鏈〕條灌到笛裏去。走了一回，恩哥手裏只有一管笛了。阿姊尋來尋去，在大輿上尋着了梅花練〔鏈〕條。

三四　「狗華—狗華—」房東老闆娘子廣播。

三五　nyi-jji-zshi yarn Shi-kk jji-ar-chi.〔桐鄉方言口齒不清的發音，意為：梨子樹上四個蛀牙齒。〕

三六　三娘娘叫三爹爹不要去坐船，三爹爹板要〔意為：一定要〕去。三爹爹翻在河裏，騎在大魚背上回來。三娘娘對他説：「叫你覅，你板要，拿你好！」

三七　恩哥看見城頭，問爸爸：「這是甚麼？」爸爸說：「這是城頭。」
過了一會，恩哥說：「咦！頭城到那〔哪〕裏去了？」

三八　恩哥騎「都都」，房東囝囝騎石頭。

三九　阿兒放鷂子。

四十　到趙老先生的房子裏。阿姊爬上樹，恩狗也爬上去，蔡太太同佩貞採了紅梅花回去。

四一　「哀—兜，阿—兜」。

四二　恩哥「牙齒阿華〔小兒語，意為：牙齒痛〕」。佩貞嚼給他吃。

四三　「小花兒—小花兒—」
關大嫂廣播。

四四　大家到徐站長家去玩。恩狗當做要拔牙齒，勿肯進去，同阿姊躲在警察的崗亭後面。徐太太出來尋了。

四五　阿姊同陸的康的姊姊跌〔踢〕鞬〔毽〕子，恩狗、佩貞、陸的康看。

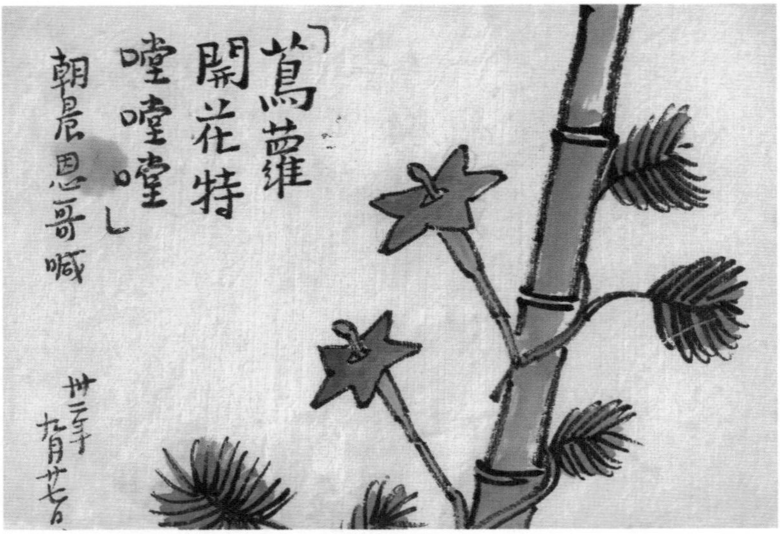

四六　「蔦蘿開花特嘡嘡嘡」朝晨恩哥喊　卅二年〔1943 年〕九月廿七日。

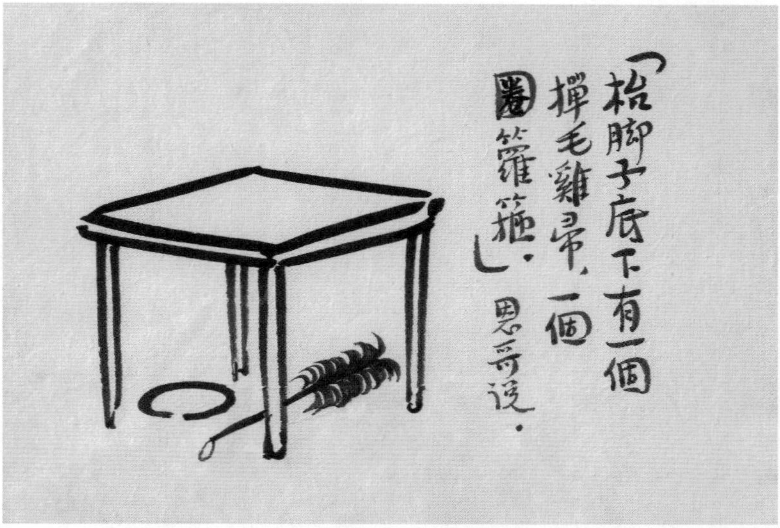

四七　「枱腳子底下有一個撣毛雞帚，一個圈籮箍。」恩哥說。

幼子豐新枚（左）、豐子愷（中）、外孫宋菲君（右）

豐子愷「絕筆」之考究

二〇二〇年清明節前，楊朝嬰女士發來一張其外公豐子愷在華山醫院去世前留下的最後的筆跡。一九七五年九月十五日豐子愷逝世，距今已有四十五年。據其家人提供資料顯示，豐公當時身患肺癌，病危時已到了發不出聲音的地步，只能艱難地用手在紙上畫出一些筆畫。豐公的人生絕筆，到底表達甚麼含義，它是漢字、圖畫、數字還是代號？豐公家人一直在尋找答案。

這一封存四十五年的「絕筆」謎團，在清明節前又被豐公家人提起。

「絕筆」點畫線條並非字跡

首先要確定這絕筆是在何時、何地，在何紙張上留下的，以及豐公當時身旁有何人陪護，筆畫的起筆從哪一處下手的。查考相關資料——豐公於一九七五年八月三十日住進淮海醫院，九月一日轉入華山醫院，九月十五日中午去世。這張「絕筆」就是在這段時間留下的，當時豐一吟和

豐子愷絕筆　一九七五年九月十五日於華山醫院

豐新枚在身邊。所用紙張據楊朝嬰證實是豐一吟從家裏帶去的一個小本子，原本用作記錄豐公病情（後整理成《侍候父病記錄》）。

豐一吟後來在《我和爸爸豐子愷》一書中這樣寫道：

爸爸病情日漸惡化。我看出他心中似乎有話不能表達，便反覆地問他，但爸爸已經發不出聲音了。新枚想了想，找出一本練習本，我給爸爸遞上一枝支圓珠筆。爸爸下意識地把筆握住，在本子上畫下了一些不成方圓的圖形，成為他留給世人的絕筆。

可惜的是，這張絕筆的日期未記錄下來。九月十日是豐公病情開始惡化的時間節點，在此之後，他想說而又說不出的，一定是臨終前十分思念和牽掛的人或事。

在楊朝嬰發我絕筆圖後的當天深夜，她又發來更為清晰的掃描件。仔細研究後可以看出豐公按照小本子豎拿方式，在緊靠紙面的右側入筆。這，符合他在家中作漫畫時的習慣。由此推之，這幅「絕筆」並非字跡，而是一幅畫，分為上下兩個圖像。

畫的是「物」還是「人」

在絕筆圖像的下方，最突出一點——有一根「杆子」類的東西，這是甚麼呢？是豐公日常書寫作畫的筆，還是醫院用的體溫表，抑或其他物件？豐公一生「煙不離口」，他從日本留學回來就與煙「交友」，推算一生至少有四五十年的煙齡。他作畫吟詩時把煙當作激發創作靈感的火花。從他的《好花時節不閒身》一畫可以看出，畫像中的人物右手持筆，左手夾煙，在窗外一派春日楊柳背景下，筆耕不輟。

在豐公生命之火將要燃盡之際，也想過「戒煙」。《侍候父病記錄》中寫道：

9/5: △ 4:00 父與我講：「我煙戒掉了，再也不抽煙了。」我講：「好，抽煙非但無好處，反而有害處。」父講時眼中似有淚水。

由此推測，豐公絕筆中的「一杆」，應該是與「煙」有關的，而且這幅畫應該是在十日或者是十日前後，在稍微清醒的狀態下畫的。在《侍候父病記錄》中，從九月一日至九月十五日半個月裏，「提到想吸煙二十次」。如此再看這幅絕筆：一個人的側面像，嘴上已叼起一支煙，但未有煙霧；豐公在病床上是不戴眼鏡的，而畫中人戴眼鏡，並把眼鏡用一個大大的圓圈封閉式加以突出，似乎是想表達——「抽煙的這人，是我；戴眼鏡的我要看……」

如果確認絕筆下方這個圖形是豐公叼着煙的自畫像，那麼上方的線條代表甚麼呢？

從線條輕柔看出……

圖上方的線條，又輕又柔，與下方又粗又濃的線條有明顯差異。輕柔線條上的有一個初看像「回形針」之類的標記，這作何解讀？如是回形針的話，下面看好似三條線，彷彿是一個包裹，難道就是那三本《源氏物語》的譯稿，要孩子保存好？看來也不像，不是「物」，倒像是「人」。那是誰呢？

這人應該不在身旁，而又是豐公最念叨的人。

翻閱楊朝嬰提供給我的豐公家人名單，其中的「豐羽」兩字提醒了我——這，應該是一片「羽毛」，又柔又輕，遠離上海，「羽毛」下方一條線引向豐公的眼鏡。在楊朝嬰提供的另一些資料裏——豐公給幼子豐新枚的書信有一百八十封，從第四十四封信提到最小的孫子出生開始，信中開始出現「小羽」，總計有一百零五處！可見，豐公對這位曾在身邊生活，而後長年遠離的孫兒思之切、愛之深。

對，他，就是豐羽，頭戴兒童帽。這與豐公在豐羽五個半月時作的「小羽畫像」比對中可看出共同點：用筆角度由右側入手，即從畫豐羽左臉一側為主要方向。而通過線條粗細輕重不同來做區分——爺爺與孫子——豐公吸着煙，戴着眼鏡，最小的孫子像一片羽毛從上方飄來……

豐公早期兒童題材的作品大多畫子女，這可以說是最後一幅，彌足珍貴。

謹以此文深切懷念豐子愷老先生逝世四十五週年。

中國筆跡鑒證專家、上海市豐子愷研究會會員
莊寅亮

www.cosmosbooks.com.hk

書　名　豐子愷家書
編　者　豐羽
策　劃　林苑鶯
責任編輯　何健莊
美術編輯　郭志民
出　版　天地圖書有限公司
香港黃竹坑道46號新興工業大廈11樓（總寫字樓）
電話：2528 3671　傳真：2865 2609
香港灣仔莊士敦道30號地庫（門市部）
電話：2865 0708　傳真：2861 1541
印　刷　亨泰印刷有限公司
香港柴灣利眾街德景工業大廈10字樓
電話：2896 3687　傳真：2558 1902
發　行　聯合新零售（香港）有限公司
香港新界荃灣德士古道220-248號荃灣工業中心16樓
電話：2150 2100　傳真：2407 3062
出版日期　2022年5月／初版

ISBN：978-988-8550-29-6

本書原由生活・讀書・新知三聯書店有限公司以書名《豐子愷家書》出版，經由原出版者授權本公司在港澳臺地區出版發行本書。

豐子愷作品

《小故事》

《豐子愷教你畫漫畫》

《豐子愷人生語錄：生活篇》

《豐子愷人生語錄：藝術篇》